La ciudad del cangrejo
es editado por
EDICIONES LEA S.A.
Bonpland 2273 C1425FWC
Ciudad de Buenos Aires, Argentina.
E-mail: edicioneslea@latinoa.com.ar
Web: www.librosyrevistas.net

ISBN Nº 987-22079-6-8

Impreso en Argentina.
Talleres gráficos M Libros.
Mayo de 2005.

La ciudad del cangrejo

y otros cuadros argentinos

Carlos Santos Sáez

La ciudad del cangrejo

y otros cuadros argentinos

Carlos Santos Sáez

Para Laura, Luciana y Victoria
que reman conmigo

Contraindicaciones

I

Leyendas convertidas en estampas.
Novelas disfrazadas de retratos.
Sucesos escondidos en comedias.
Casos que parecen epitafios.
Cuadros que se hacen argentinos.
Textos inclasificables para ser leídos en voz alta.

II

Cualquier coincidencia con la realidad, en los hechos relatados, en los lugares descriptos o en los nombres de los personajes, puede ser pura coincidencia o no. Porque todo lo que aquí se muestra no es solo producto de la escasa imaginación del autor, sino que forma parte de su rica, triste y peligrosa experiencia de vida.

Cuadros

Chimango

I

Un graznido filoso arrastraba el chimango hacia los juncales en los márgenes de la chacra. Por ese largo lamento se despertaba el profesor al amanecer. El sol carroñero de La Pampa marcaba los contornos del paisaje y los unía. Eran buenos socios el pájaro y el viejo, compartían muertos y basura.

· Tragaba gusanos y hormigas coloradas en compañía de garzas blancas, o encendía el pico sobre liebres o perdices aplastadas por los autos sobre el asfalto. Mientras, Don Pedro vigilaba la carne "de alguien", vuelta y vuelta sobre la parrilla. Siempre decía "de alguien", y no "de algo", porque al viejo le gustaba nombrar a sus animales. Cada ternero, cada lechón, cada pollo, tenía un nombre humano. Los bautizaba al nacer porque necesitaba personalizar la despedida al sacrificarlos. "¡Chau Pancho!". "¡Chau Gala!". "¡Chau Lucho!". El chancho, la gallina y el ternero, podían descansar en paz sobre las brasas.

El chimango participaba del juego revoloteando sobre las vísceras de sus vecinos acuchillados. Limpiaba prolijamente los restos y no dejaba indicios de los asesinatos.

Sabía sonreír detrás de su pico eternamente sucio.

II

Pedro Renedo era un profesor de física jubilado que había decidido cambiar la ciudad por el campo. Al enviudar compró una chacra en Parera y se fue a vivir solo, con sus libros y sus discos. No tenía hijos, ni parientes conocidos. No sabía relacionarse con las personas, nunca tuvo amigos, carecía de todo tipo de gracia y nada parecía despertarle un gesto de afecto. Pero a ese pájaro, que le generaba algo parecido a la simpatía, lo mimó como a un animal doméstico, hasta que nació Pegaso, el potrillo.

El chimango nunca había participado de los partos. Sabía que a esas fiestas no estaba invitado. Y menos aún en el caso de un caballo. El protagonismo de los potrillos era abrumador. Todos quedaban fuera de escena frente a esas maravillas, que rápidamente se paraban en cuatro patas para dar los primeros pasos. No era lo mismo el nacimiento de un futuro corcel que la llegada de un lechón, por ejemplo, que a pesar de su rosada ternura de bebé, ya era imaginado con una manzana en la boca sobre la parrilla.

Esa noche el chimango entró silencioso a la caballeriza. Caminaba sobre la paja, daba vueltas inquieto y parecía preocupado. Mientras Don Pedro sonreía feliz por la belleza del potrillo recién llegado, el chimango devoraba la placenta de la yegua, inclinado sobre el piso. Andaba rojo de ojos, con furia y sin brillo. Engullía deprisa, con saña, lúbrico, lascivo, casi demoníaco.

Después del atracón inicial, remolcó hasta su nido los trozos de membrana que embolsaban líquidos obscuros, una masa encrespada de humedades y rubores, con pequeñas burbujas sólidas de sangre. Saboreó hasta el amanecer.

La yegua, el potrillo y el profesor vigilaron al chimango con desconfianza durante todo el insomnio, mientras bajaba y subía su cabeza afilada sobre el confuso montón de humores. Desde entonces el pájaro ya no se conforma con carnes dormidas.

III

No sabe el viejo si el chimango perdió el juicio o recuperó la razón que la naturaleza le quitó hace siglos. Porque ahora roba huevos y pichones de los nidos, destroza cráneos de gazapos de un solo picotazo y convierte en un inquietante magma a los cuerpos de las garzas blancas. Necesita matar para saciar su apetito. La semana pasada descuartizó a unos gatos recién nacidos. No se atrevió con la madre. No quiere medir fuerzas con alguien que pueda lastimarlo. En la siesta, camina alrededor del perro tendido, sabe que está viejo, modela la oportunidad, le mide las fuerzas y los años, lo espera.

Pero lo que más le preocupa al profesor es el hábito repulsivo que adquirió el pájaro en la última semana, y se intranquiliza al verlo cabalgar al atardecer.

IV

La yegua, de la que embuchó la placenta, se lastimó en el roce de la cincha, justo en la piel que hay detrás del codo. Don Pedro trató la herida con fomentos, y la dejó sin silla durante semanas. Hacia allí va el chimango, a comer moscas de la matadura.

Arranca pedazos de animal vulnerado. Agrieta con el pico la piel descalabrada.

Come del dolor de la yegua que se pasea con su pequeña muerte encima.

Nadie sabe si el asqueroso pájaro desconoce la existencia de la potra bajo la herida, o es que, haciendo un alarde de paciencia, piensa deglutirla con épico deseo.

Ahora el hambre los hermana, al profesor y al chimango, la duda los iguala y el placer los hace cómplices.

Arrastran la misma pasión inicial por la muerte y la basura, y beben idénticos líquidos a escondidas, mientras gastan a dúo las heridas con los dientes.

No puede matarlo porque no le puso nombre, es solo el chimango, o el pájaro.

No dejó de quererlo pero ya le inquieta su presencia. Le preocupa compartir con él esa ignorancia poco inocente de lo que vive debajo del dolor.

V

Le gusta leer cuando se echa a dormir la siesta debajo del sauce, a orillas del arroyo. El chimango camina alrededor de su somnolencia, vigila sus lecturas, lo mira a los ojos y mide fuerzas. Repasa su historia y observa su decrepitud, imita los gestos y espera la oportunidad. Un profesor de física, jubilado y solitario, que cambió la ciudad por el campo, parece ser una presa fácil para el pájaro.

A Pedro Renedo le causan asco el mal olor que despiden las patas y los restos de carne sin identificación que cuelgan del pico. Sabe que es la imaginación la que construye el miedo, pero le parece oír una voz en lugar de un graznido, un largo lamento hacia los juncales que intenta pronunciar su nombre.

Palomas mensajeras

I

Tuvo un palomar de madera, con palomas mensajeras y pichones espumosos. Blanca y Nieve eran sus mascotas más queridas, comían de la mano, se paraban sobre la cabeza, y esperaban migas de pan como recompensa luego de bailar sobre la mesa de la cocina. A la hora de la siesta jugaban sobre el borde de la medianera, decorado con filosos vidrios rotos, verdes del vino tinto o marrones de la cerveza.

Del otro lado del muro vivía un napolitano ermitaño, un ogro jorobado y solterón que inauguró el miedo infantil en el barrio. Como trofeos de guerra, como advertencias, colgaban de las ramas de su higuera, pelotas reventadas, desventuradas perras y gatos despanzurrados. Claros indicios de la imprudencia.

II

Una mañana tibia, temprano, antes de ir a la escuela, adivinó entre los destellos vanos de las botellas quebradas, el destino atroz de lo que vuela. Descubrió cuatro patas chamuscadas atadas con alambre, argollas con mensajes anillando ramas, y gotas de sangre dibujando palomas rojas sobre hojas verdes.

III

Los adultos rieron a la noche. Del hambre humano reían. Del sino cruel de las cartas reían, mientras jugaban al truco y comían los higos que le habían robado al vecino. "¡Polenta con pajaritos!", gritaban y se burlaban.

Un tío le acarició la cabeza compadeciéndose del duelo. "Te compro otras", le dijo, y ese fue el primer pésame que recibió en su vida. Entendió que le compraría otras muertes, y le contestó que no quería volver a criar palomas.

Desde aquellos días envejece escarmentado y camina como un faquir equilibrista sobre los vidrios partidos clavados en las medianeras, verdes del vino tinto, marrones de la cerveza.

Mañana de pesca

I

Al alba, inclinados sobre la llaga que dejan las aguas en la arena, con ojos y manos empotrados en el rasgo de yodo y baba que signa el mar en la noche, dos niñas y un pescador, indagan codiciosos sobre esos extraños gestos de la marea.

Descubren y admiran los sucesivos síntomas de lo eterno, siglas del reflujo en la playa: cráneos de pájaros, espinas de pescados, plumas, conchas, cangrejos perseguidos por gaviotas, transparencias gelatinosas, cáscaras del huevo y la luz.

Huellas de bestias marinas y terrestres enredadas entre las algas.

II

Sobre los límites curvos de la costa, las niñas juntan en un baldecito las parábolas del mar, guarismos que la naturaleza recompone entre sus dedos inocentes.

Separan latas, papeles, vidrios y botellones plásticos en bolsas de supermercado. Aíslan la basura y alzan solo las abreviaturas de la vida, esos restos de cadáveres que han decidido coleccionar. Ellas dicen que juntan caracoles.

Obsesionadas por lo correlativo ordenan sus tesoros en cajas de madera, con la impiedad de las brujas y la insensibilidad de un taxidermista.

Mientras, el pescador elige a la más gorda y movediza de las lombrices, la clava en el anzuelo y la arroja al mar. Pesca, engaña criaturas indefensas, mata para comer, impide que los más grandes devoren a los más pequeños.

III

Supone que está vivo por los ruidos de los aparatos que lo rodean, por la molestia que le provocan los caños, los cables y las sondas, y por esa sensación de angustia tan profunda.

No puede responder pero escucha. "Un infarto en la playa", dicen. "Por el frío del agua y el susto", aclaran. "La nena más chiquita ya está bien", tranquilizan.

"Pobre tipo", balbucea un camillero y le tapa la cara con la sábana.

Supone que todavía está vivo, porque siente el roce de la tela sobre la frente, pero no puede comunicarse con esos energúmenos que lo desentuban y lo rellenan, con la misma ferocidad con la que él mismo, hace un rato, enganchaba la lombriz más gorda en el anzuelo.

Supone que está vivo, porque percibe el silencio y tiene muchas ganas de dormir en esa caja, tan parecida a la caja de sus hijas, donde lo ordenan con la impiedad de las brujas y lo embellecen con la insensibilidad de un taxidermista.

El tiempo y la oscuridad logran confundirlo. "Quizás la muerte sea esta sensación eterna de creerse con vida", piensa al alba, inclinado sobre la llaga que deja el agua en la arena, con los ojos y las manos empotrados en el rasgo de yodo y baba que signa la mar en la noche.

Conejo de la suerte

I

Saben que el abuelo lo hizo para protegerlos. Para que no los despierte el choque cruel de los dados contra la madera de la mesa. Para que la generala feroz en la noche no interrumpa el sueño infantil.

Entienden el afán didáctico del viejo, y quieren justificar su crueldad inconsciente. Pero no pueden perdonarle este insomnio invencible que los acompañará de por vida.

II

La familia se reunía en el patio, bajo la higuera, para jugar a los dados en verano. Preparaban una abundante picada. Comían hasta el amanecer. Salame picado grueso (exigencia del tío gordo), mortadela y longaniza calabresa (pedido de la abuela), aceitunas negras y verdes, papas fritas caseras con ajo y perejil, huevos duros, pan casero y berenjenas en escabeche preparadas por la vieja. Tomaban cerveza como beduinos, se peleaban a los gritos, y sacudían el cubilete como una maraca mientras cantaban viejas canciones.

Los dados sobre la tabla engrasada provocaban el estruendo más famoso del barrio.

Había que hacer algo para silenciar ese juego, que no dejaba dormir a los niños de Villa Urquiza en las noches veraniegas de los viernes. Y fue el abuelo el que lo hizo, para protegerlos.

III

Vieron aquella tarde como sujetó a Pepín de las patas traseras con la firmeza de su mano izquierda, y le apretó el cuello con la derecha. Se lo retorció hacia abajo, con cierta misericordia, hasta estrangularlo.

Sostuvo la cabeza del conejo muerto, todavía tibio, entre las rodillas, la cola quedó colgando y el vientre se ofrecía para su pequeño cuchillo. Hizo una incisión con la seguridad de un cirujano, separó la piel alrededor del corte y metió los dedos en el agujero. Tiró con fuerza hacia ambos lados y quedaron las tripas al descubierto. Miró a los chicos a los ojos y sonrió, sabía el viejo que estaba construyendo un momento inolvidable, entonces, de un solo manotazo evisceró a Pepín. Los perros se hicieron un festín de carne fresca y sangre viva.

– No es difícil desollar un conejo.

Dijo, y amputó las manos, para comenzar a separar la piel de la carne desde el corte del vientre. Entregó a cada uno de los cuatro primos una patita de conejo para la suerte. Replegó con prolijidad, primero uno de los cuartos traseros y después el otro, hasta cortar el rabo.

Los nietos admiraban el espectáculo como si fuera una película de terror, con miedos disimulados por sonrisas, asco al borde del vómito y morbosa curiosidad.

Puso al conejo sobre la mesa del patio y sosteniendo los cuartos traseros con una mano, tiró de la piel hacia los cuartos delanteros. Allí cortó el último tendón. Replegó la piel del cuello hacia la cabeza y lo decapitó. Suspiramos impresionados, mientras los ojos finales de Pepín pedían clemencia.

Entonces llegó la abuela para separar las patas traseras del vientre y eliminar el conducto anal, acuchilló el tórax y extrajo los pulmones y el corazón para los gatos. Ella se llevó la carne para el guiso. El abuelo se quedó con la piel y la lavó con agua templada. La dejó en remojo con ácido y sal, y al cabo de tres días y tres noches, la colgó de dos ganchos. Un resorte oxidado de una vieja catrera le sirvió para exhibir la muerte.

IV

Era un conejo especial. Los seguía a todas partes, obedecía las consignas como un perro y jugaba como un gato. No le gustaba que le apretaran las orejas y las encogía a ambos lados de la cabeza cuando se acercaban los chicos.

Todos sabían que Pepín iba a terminar en la olla, como les pasó a Fritz el pato y a la Gallina Turuleca, simpáticas aves de corral que alcanzaron a bautizar y a querer, pero que inevitablemente fueron retorcidas por el cuello para las fiestas de fin de año.

Pero nunca imaginaron semejante destino para ese animal tan tierno, parecido a un muñeco de peluche.

Los cuatro primos descubrieron durante aquella Navidad lluviosa en Buenos Aires, una extraña sensación a mitad de camino entre la culpa y el placer. Todavía se impresionan al recordar el regodeo cruel que les produjo desollar a un ser supuestamente amado.

V

Sabios y blancos, conejos y abuelos, sordos como la memoria, rebotan contra el borde de la sombra, como el primer indicio de lo inevitable.

La infancia es un territorio de aprendizaje.

El aroma del guiso preparado por la abuela para la cena es un recuerdo delicioso.

Los golpes del cubilete contra el cuero del conejo en la noche, marcan con silencios el ritmo que nombran.

Heredaron la costumbre y se reúnen con los primos en el patio de la casa del abuelo, para jugar a la generala los viernes de verano.

Ya no despiertan los dados a los más chicos, la piel de Pepín silencia el juego. Aquella imborrable ceremonia de la muerte protege el sueño de los más débiles desde el insomnio de los cómplices.

Hormiguero

I

– ¡No bajen de las camas!.

Gritaba el padre aterrorizado. Estaba descalzo, con una regadera de cinc en la mano derecha. Sonaban crujientes sus pasos sobre una masa de hormigas que le ennegrecía los pies y subía hasta sus rodillas formando un par de medias ondulantes. Sacudía las piernas y las hormigas volvían a perderse en la marea. Aparecían entonces sus pantorrillas hinchadas y rojas.

– ¡No bajen de las camas!

Gritaba y les echaba encima el kerosene que había sobrado del invierno.

Los hijos lloraban, tapados con las sábanas, convencidos de que esa fiera oleaginosa y descontenta se llevaría al viejo hacia algún demoníaco destino.

II

– ¡Reventó un hormiguero en el sótano!

Le explicaba a su mujer. Ella fue la segunda víctima del charco luctuoso. El oleaje seco se movía detrás de sus pasos. Alzó a los niños y los llevó a la cocina donde se atrincheraron los tres. Desde esa isla, todavía infranqueable, lo veían al héroe luchar contra la muchedumbre turbulenta para defenderlos. Cantaban viejas canciones. Se reían de la hormiguita viajera. Recordaban a la cigarra mezquina y al elefante enamorado de la hormiga.

Pasaron un par de horas hasta que el kerosene las durmió.

III

En baldes, a paladas, en familia, juntaron los cadáveres y los heridos de aquel batallón vencido de insectos insurgentes. Enterraron en el jardín kilos de hormiga muerta o agonizante. Las escondieron, como a esas cosas que habitan en las honduras y un día estallan, inexplicablemente, por claustrofobia, culpa o aburrimiento.

Sellaron las grietas del piso de madera con cemento y echaron veneno en los rincones, para impedir el regreso, para que la vida siga ocultando sus motines.

Tanino

I

"Más rojos y más amargos..." Repetía y reía el viejo a carcajadas.

Aumentaba la cantidad de hollejos que se agregan al mosto luego de pisar las uvas.

Elaboraba unos pocos litros de un premeditado vino bílico y los guardaba en botellas transparentes, en un rincón oscuro del sótano.

II

El sótano del viejo era un refugio ideal para los nietos. Bajaban con una vela a descubrir contornos de objetos abandonados, cosas que nadie se había atrevido a tirar: cunas, caballitos de madera, sillas de mimbre, maniquíes, espadas oxidadas, baúles con ropa, cajas con fotos, pedazos de telas, recortes de diarios, percheros con sombreros y bastones.

Jugaban durante horas con esa venerable materia del olvido. Convivían con las sombras que proyectaban las bolsas de harina sobre el silencio.

Un escalón más abajo, en los anaqueles de la abuela, se acomodaban los frascos con sus tapas multicolores. Las mermeladas de zanahoria, de higo y de remolacha, eran ordenadas de acuerdo a una escala cromática inventada por la nona. Las aceitunas, las berenjenas en escabeche, la salsa de tomates y las cebollas encurtidas, estaban en el estante más alto, vigiladas por los jamones que colgaban como ahorcados desde las vigas de madera.

En el rincón más hondo y fresco del sótano se guardaban los vinos.

Los blancos en damajuanas. Los tintos embotellados. Los grandes garrafones de vidrio verde que se apilaban contra la humedad de la pared, contenían un torrontés suave que se bebía a diario como vino de mesa.

Otras bombonas transparentes dejaban dormir un rosado abocado, demasiado dulce, que las mujeres libaban con el postre, y que alguna vez obligaron a tomar caliente, en cucharadas, con canela y huevo crudo, para curar una congestión otoñal.

Las botellas de cuellos largos se acostaban en el lugar más cuidado del sótano. El borgoña del abuelo era inmejorable.

III

Algunos parientes indeseables visitaban la casa a menudo. Eran bichos de ciudad que el viejo despreciaba. Venían a llevarse una botella de tinto y a comer un asado.

Poco les interesaba la vida de los abuelos, y se les notaba. Cuando el tío Marcelino les preguntaba por la salud, daba la sensación de estar contando los días de los viejos, para quedarse finalmente con la casa y los campos. Cada visita sonaba a despedida. Se probaban la ropa del muerto antes del velorio.

Fue entonces cuando el abuelo pensó en la historia de las ratas.

En la obligada visita al sótano, les narraba las desgracias que producían los roedores sobre las bolsas de harina. Les describía el tamaño descomunal de sus cuerpos casi felinos, y les servía una copa de su vino rojo, ese que contenía un premeditado porcentaje de tanino, ese del amargo filoso contra el paladar, les servía y les contaba:

– Puse tramperas especiales para cazar vivos a esos monstruos, prueben, prueben, el sabor de este nuevo vinito, con las ratas no se jode, se han comido frascos enteros con las cebollas de la abuela, ¡qué vinito, eh!, qué aroma, eh, especial para ustedes, esos bichos asquerosos dejaban marcadas las patas en el polvo que se junta sobre mis mejores botellas, miren el color sangre que conseguí, qué vinito, miren, miren, las cazo vivas a las ratas y las meto acá en el mortero, las prenso bien prensaditas, las oigo chillar como chicos, y las dejo fermentar entre los hollejos, tomen vinito de rata, tomen, tomen, no griten, no se escapen, pueden llevarse un litrito para la capital.

Viejita

I

La viejita muerta era liviana. Su cuerpo se podía manipular con absoluta comodidad. Era cortita y blanda la vieja viuda. Los años y la osteoporosis la habían convertido en un cartílago obediente.

Murió en su cama, desnuda, callada y sola. No sufrió la pobrecita.

Hacía más de un año que no comía nada sólido. Las sondas evitaban los pañales descartables, y los calmantes de elefante salvaban de los discursos incoherentes del Alzehimer.

II

Con el cuchillo eléctrico, que compró en Miami en 1979, fue trozada prolijamente por el hijo, dentro de la bañera. Sangraba poco la viejita. Primero fueron los brazos, luego las piernas, después la cabeza, y por último el tronco en dos, cortando sobre una línea imaginaria por debajo de las tetas.

Sus pedazos fueron guardados en siete recipientes plásticos de novedosas formas y colores. A la vieja le encantaba comprar artículos de Tupper Ware en las reuniones del club, nunca los usaba y los amontonaba en un placard del lavadero. Ésta era una buena oportunidad para estrenarlos. Frizada, la viejita entró en la inmortalidad.

Nadie supo más de ella, no tenía familiares y era despreciada por los vecinos que nunca se interesaron por su destino.

III

Su único hijo la conservaba cuidadosamente empaquetada en la parte superior de la heladera. Cada vez que hacía un asado sacaba uno de los siete tupper, y mezclaba las achuras y el costillar, con algún corte de su madre.

No era un antropófago el solterón, porque no comía la carne materna. Tampoco la usaba como alimento para los perros y los gatos. Solo dejaba que se carbonizara sobre la parrilla.

Convertida en cenizas, la colocaba luego en uno de los cientos de frascos, vacíos y limpios, de café instantáneo *Dolca*, que la vieja había guardado debajo de la mesada de la cocina.

"Estas son las auténticas cenizas de mamá, porque las que te dan en el crematorio son de cualquiera". Aclaraba.

Mezcladas en exactas proporciones con alpiste y mijo, ponía las cenizas en el comedero del jaulón, para que los pájaros degustaran.

IV

Sorpresivamente, una canaria imitó, luego de unos meses, la cara de la vieja. Devoró una noche a los otros canarios, lastimó mortalmente al jilguero y ayudó a escapar a los cabecitas negras, para que colaboren en su fuga.

Libre, entonces, la canaria con dentadura decidió volar esa madrugada sobre las ingles del solterón, y lanzarse en picada sobre sus testículos y su pene, para devorarlos. Con el pico ensangrentado escapó por la ventana.

V

Le salvaron la vida en el Hospital Pirovano. Los médicos le pedían explicaciones por semejante carnicería, pero él no dijo nada. Al presentarse otros casos similares en Buenos Aires, los medios de comunicación hablaron de felatio feroz, de orgías y drogas, de ritos satánicos, pero nadie descubrió la verdad.

Al volver a su casa arrojó las cenizas de la vieja en las macetas. Esa noche crecieron hiedras y troncos espinosos, que taparon todas las aberturas y lo encerraron al castrado para siempre.

La cosa

I

Una bruma que se espesa hasta la opacidad, esfumada en los bordes, con pedazos más o menos claros y otros transparentes, franquea los grados de la materia viviente y se desdobla sobre mí, con una risa seca y fastuosa parecida a la tos de un viejo.

Nos une un grueso cordón–fluido, difuminado como un dibujo sombreado con carbonilla. Es ancho en el nacimiento, a la altura de mi ombligo, y se va angostando hacia un punto impreciso de esa cosa, que flota en las noches sobre mi cuerpo, como un astronauta que sale de su nave y danza en el vacío.

II

Muerto no estoy.

Lo sé por el dolor de hombros, por las preocupaciones inútiles y por algunas hemorragias hemorroidales.

Tampoco es una pesadilla. La escenografía donde nos encontramos no es onírica, y la secuencia de imágenes está claramente filmada en el insomnio.

No me gusta hablar de fantasmas, ni de espíritus, pero debo reconocer que esa cosa que lleva mi forma, no me abandona, y dicta, y ordena.

A veces lo tomo en joda y le grito:

– ¿No te aburrís ahí arriba "Fantasma de la Ópera"? ¡Dejame en paz una noche, boludo, andá a asustar a los chicos!

La cosa ríe a carcajadas y me mira profunda por unos ojos que adivino pero que no reconozco en su cabeza de vapor.

III

– ¡Dejame morir, hijo de puta!

Le imploro, al oído, con voz llorosa, sentado en la cama, con la botella de ginebra casi vacía en la mano derecha.

Me empuja con sus brazos nebulosos y me acuesta para esperar sus órdenes.

Entonces, piensa, me obliga a corregir palabras con rigor exagerado, y pide que las lea en voz alta.

– Che cosa, escuchá esta definición (recito con voz engolada): "un fantasma es un hombre que se ha desvanecido hasta ser impalpable, por muerte, por ausencia o por cambio de costumbres" (lo miro fijo y pregunto desafiante) Y, gil, ¿qué te parece?

– No me gustó. Demasiados lugares comunes, y muchas inexactitudes. Un hombre que se ha desvanecido no se vuelve impalpable. Un fantasma no es impalpable por ausencia. Y un cambio de costumbres no hace a nadie fantasma. Una definición con muchas pretensiones y poca literatura.

Tomo el último trago de Bols a morro, escupo con carcajada y le grito:

– ¡Mirá que sos pelotudo fantasmita Casper! Lo que te leí era del *Ulises* de Joyce. ¿Escuchaste bien? ¡El *Ulises*! Viejo...

– Ya me di cuenta. Estaba esperando un gesto de sinceridad tuyo, no me gustan los plagios y menos los farsantes. Pero mis juicios sobre esa frase son los mismos. A James lo obligué a corregir el *Ulises* hasta el hartazgo. Algunas cosas le fueron perdonadas.

IV

– El proceso de escribir está lleno de errores esenciales. No puedo escribir mientras espero soluciones.

– Esas excusas ya se la escuché a Clarice Lispector.

Parece que a la cosa no se le escapa nada. Recito, leo, canto, digo, y me escucha con oído crítico para sugerir con llamativa certeza.

– ¡Tenés que esmerarte para contar mi historia!. ¡Pulir, pulir, pulir!. ¡Pulsar la palabra exacta!. Tenés que hallar una manera de hablar que lleve rápido al entendimiento. ¡Vamos, vamos, vamos, con humildad y prepotencia de trabajo hacia el estilo propio!.

Decreta a los gritos el fantasma y me condena a la búsqueda permanente.

– Cuando encontrés el texto perfecto, te voy a dejar morir...

Repite la cosa a cada momento. Pero nunca se complace.

V

Por las noches compruebo que la escritura es una maldición que salva, y que la impericia insoluble y la insatisfacción insondable, prolongan penosamente la eternidad.

Debo intentar no escribir, gradualmente, hasta ser impalpable, por muerte, por ausencia o por cambio de costumbres.

Cuadernos secretos
de un fotógrafo forense

Martín Silva fue fotógrafo forense durante más de veinte años. Llegaba a la escena del crimen o al lugar del accidente al mismo tiempo que los policías, los médicos o los bomberos, y entregaba sus trabajos al diario *Crónica* y al juez de turno (en ese orden). Guardó y numeró sus mejores fotos con anotaciones al pie de cada una. Se mató de un tiro en la boca frente a su cámara automática. Ése fue su último retrato.

Publicamos ahora, en exclusiva, estos *Cuadernos secretos de un fotógrafo forense*, un verdadero catálogo de formas de asesinar y modos de morir.

1

Payasos

¡Con qué le tiraron a este tipo! Los disparos ascendentes le agujerearon el pecho y la cara. A este muñeco no lo va a reconocer ni su mamá. Tampoco al horrible payaso que sonríe ensangrentado desde el cuadro. En la habitación hay cuatro retratos más de payasos (uno más feo que el otro), cinco payasitos de cerámica (uno más triste que el otro) y dos payasos de peluche (uno más idiota que el otro).

2

Churrasco de cuadril en Navidad

Desnudo sobre un sillón de hierro, con los tobillos, las muñecas y el cuello envueltos con los cables pelados de las luces del árbol de Navidad. Achicharrado y oscuro como un churrasco de cuadril quemado sobre la parrilla.

El olor a carne quemada era insoportable.

3

Madre hay una sola

El bebé muerto dentro del horno parece dormir con placidez.

La madre muerta sentada frente a la cocina, parece descansar feliz con su cabeza apoyada sobre la mesa de madera.

A pesar de las ventanas abiertas todavía se huele el gas.

Hay paz.

4

Flores amarillas

Una viejita amarilla sobre un catre viejo, viste un gastado camisón con enormes flores amarillas y un pañal descartable a medio cambiar. En su cuello finísimo se notan las marcas de los dedos jóvenes de una mano derecha. Un índice largo y firme y un pulgar gordo y pesado, fueron suficientes para ahogar a esa anciana parecida a un suspiro.

5

Ballena herida

Sumergida en la bañera con un tiro en la frente, una mujer gorda y exageradamente blanca, asoma boca arriba con sus desbordantes tetas. Parece una ballena herida. Su inocente rostro mongólico impide deducir la edad. Sobre las baldosas del baño yace el cuerpo de un veterano robusto con un disparo en la sien. Lleva una cinta de luto en la manga derecha de su camisa blanca. Con la mano izquierda sostiene el arma reglamentaria (era jubilado de la policía) y con la otra una foto familiar donde se lo ve con su uniforme de cabo, acompañado por una hermosa mujer rubia (claramente mayor que él) y por una niña con Síndrome de Down.

6

Cabeza fresca

¡Nunca había visto un cuerpo en semejante estado de descomposición con una cabeza tan bien conservada!.

Dicen que fue abandonado vivo en el hueco de una doble pared por una deuda de juego. Sus manos dejaron dibujados pentagramas de sangre sobre los ladrillos.

Le arrojaron encima varios mazos de cartas de pocker, algunas aparecen mordidas.

¿Habrá intentado alimentarse de naipes? ¿Habrá visto cómo levantaban el muro? ¿Lo habrán abandonado dormido? ¿Qué sintió al despertar? ¿Esa angustia habrá conservado tan fresca su cabeza?

7

Formas sobre la boca

El tono sepia de esa piel es impresionante. Parece de cartulina el tipo. Es el clásico color del cáncer que se recorta sobre las sábanas azules. La bolsita de supermercado está prolijamente atada en el cuello y envuelve completamente la cabeza del viejo. Se fue a dormir desnudo y embolsado para no despertarse nunca. ¡Qué bellas formas dibuja el nylon sobre la boca!

8
Angelito

De éstas tengo muchas: bebés ahogados bajo la almohada.
Pero ésta es la más linda. Las manitos parecen jugar, la sonrisa
apenas dibujada corta en dos la cabecita, los ojitos abiertos miran a los ojos, el cuerpo está todavía rosado. Un angelito en paz.
La almohada roja de polyester, con una imagen de Manuelita la
tortuga, sirve para sostener el cuerpo firme. Una botella de ginebra abandonada sobre la cuna derrama unas gotas.

9
Burbujas

La señora alcoholizada quiso suicidarse tomándose un litro de
detergente puro. Pero no murió por la intoxicación ni por la
cantidad de vino (allí se ven las cinco cajas de *Resero Tinto* y el
botellón plástico de *Brillolín Limón*), sino por asfixia. En realidad, fue asesinada (involuntariamente) por el médico de guardia
que le provocó el vómito para salvarla.
La gran cantidad de espuma bloqueó mortalmente sus vías
respiratorias.
Siguen saliendo burbujas rosadas de su boca.

10
Frito

El cocinero volcó el contenido de la freidora sobre su cuerpo.
Trabajaba con el torso desnudo, descalzo y en pantalón corto.
Quedó literalmente frito.
¡Qué hermoso dorado logró su panza! Se nota que usa buen aceite.

11

Flor blanca sobre lago rojo

En posición fetal. Atada de pies y manos. Desnuda, con las venas de las muñecas cortadas, desangrada. Una flor demasiado blanca sobre un lago rojo. Una escena sin violencia. Un fluir de sangre en paz, sin salpicaduras ni rastros, sin huellas rosadas ni manchas sospechosas. ¿Quién cortó? ¿Dónde está el cuchillo? ¿Por qué sonríe tan bella?

12

La campana muda

¡Qué buen nudo! ¡Qué buena soga! ¿Marino o artesano? Se nota que el tipo dominaba la ciencia de los lazos. Quedó colgado de una de las vigas de hierro que sostienen el tanque de agua. Dejó al pie de la escalerita metálica una carta muy formal despidiéndose de sus hijos. Le habrá costado sangre, sudor y lágrimas a ese petiso rechoncho, trepar descalzo diez escalones filosos para ascender más de tres metros. Ahora oscila sobre el pozo de luz del edificio como una campana muda.

13

Al maestro con cariño

Desnudo, amordazado y maniatado, boca abajo sobre la alfombra gris. Las piernas exageradamente abiertas y un manantial de sangre que fluye entre las nalgas. Cerca de cuarenta preservativos usados decoran los márgenes del cuerpo. Una cruz marcada a cuchillo sobre la espalda nace en la línea divisoria del culo. Un rosario hecho con bolitas de madera lo ahorca. ¿Cuántos fueron? ¿Por qué violaron a un cura en la escuela?

¿Cómo hicieron para entrar tantos tipos sin despertar sospechas? ¿Los conocía? ¿Fue la venganza de los padres de los alumnos abusados?

14

Arrepentido

¡Qué buen corte!. La cabeza separada del cuerpo con una prolijidad asombrosa por una guillotina casera apenas ensangrentada. Aquí no hubo violencia. Parece que el inventor quiso probar su invento. Las manos crispadas, extendidas hacia adelante, hacen un desesperado intento por tomar la cabeza y volverla a su lugar. Los ojos vivos habrán visto a su propio cuerpo alejado, y la boca abierta deja escapar un sonido. ¿Cuál habrá sido su última palabra?

15

Rompecabezas

¡Qué esfuerzo y qué pericia!.

Las extremidades divididas en tres pedazos: un corte a la altura de los codos y las rodillas, y otro a la altura de las muñecas y los tobillos.

El tronco también trozado en tres: un corte debajo de las costillas, y otro que deja una teta siliconada en cada lado.

La cabeza también fue divida en tres: un corte a la altura de las cejas que levanta la tapa de los sesos, y otro debajo de la nariz que separa los ojos de la boca.

Un policía la había armado sobre la alfombra luego de sacar los pedazos del freezer.

Es curioso que no se haya perdido ninguna pieza.

A pesar de tanta mutilación, la modelo descuartizada por el cirujano plástico sigue siendo bella.

16

Serie de los bebés abandonados

1. Helado en el freezer.
2. En la basura mordido por ratas.
3. Ahogado en la alcantarilla.
4. Quemado en el incinerador.
5. En el inodoro del baño del hospital.
6. En la puerta de la iglesia, despedazado por una jauría de perros.
7. Enterrado vivo en el jardín.
8. Encementado en los cimientos de la casa.
9. Flotando en las cloacas.
10. En el horno de la panadería.

17

Serie de los apuñalados

1. Mujer hermosa con setenta y dos puñaladas en el vientre, los muslos y la vagina.
2. Muchacho en salón de baile con cuchillo clavado en el centro del corazón.
3. Señor elegante con sevillana hundida en la espalda.
4. Anciano intentando sacar la navaja de su panza.
5. Señora con una docena de cuchillos de cocina clavados en su cuerpo.
6. Cocinero con cuchillazo entre los ojos.
7. Mujer gorda con tetas mutiladas.
8. Niño de tres años violado con quince tajos en la cara.
9. Joven flaquísimo atravesado por cuchilla de carnicero.
10. Dos prostitutas abandonadas en el hotel con cinco puñaladas cada una. Debajo del ombligo a ambas le tallaron sobre la piel la palabra "Dios".

18

Un santo

Le metieron el barral de la cortina en el culo y se lo sacaron por la boca. Es impresionante ver al tipo tirado sobre la cerámica blanca, desangrado, atravesado por un cilindro de madera de dos metros de largo por diez centímetros de diámetro. Con las manos unidas en posición de rezo y los ojos cerrados parece un santo. Fue un violador de una nena de nueve años y ésa fue la venganza de la familia. Es una imagen conmovedora. Quiero mucho a esta foto. Es mi único empalado.

19

De esa agua no has de beber

El muchacho vestido de mujer flota en el tanque de agua del edificio.

20

Bajo tierra

Rictus de espanto y manos destrozadas. La boca y las fosas nasales tapadas por tierra. Lo enterraron vivo. Murió asfixiado.

21

Velorio de los solitos

Un velorio en la nursery con quince cunas de acrílico enlutadas, franqueadas por el llanto desconsolado de los padres. Una bacteria del hospital mató a los recién nacidos (ocho nenas y siete varones). Los velaron ahí porque no se permitió retirar los cuerpitos hasta terminar la investigación.

22

Serie de los atropellados

1. Gigante gordo suicidado bajo tren urbano en la estación Carranza a las siete de la tarde. El cuerpo quedó en la Avenida Santa Fe y la cabeza voló hacia Cabildo. Tuvieron que bajar todos los pasajeros por descarrilamiento.

2. Señora elegante en estación Bulnes del metro, empujada a las vías por un ladrón de carteras.

3. Señalero del Aeroparque de Buenos Aires bajo las ruedas de un 747 de Aerolíneas Argentinas.

4. Nena de tres años y madre joven, embestidas por un B. M. W conducido por un adolescente.

5. Señor ciego con perro lazarillo, aplastados por un colectivo de la línea 60 bajo el Puente Pacífico en una noche de lluvia.

6. Vieja que voló cincuenta metros en Avenida Belgrano atropellada por una moto.

7. Familia en Fiat 1100 (pareja con dos hijos menores) hecha puré bajo las ruedas de un tren de carga en Villa Ballester.

8. Ciclista estampado en el pavimento por camión transportador de ganado.

9. Niño bajo las ruedas traseras de un taxi, con camiseta de Boca y cráneo destrozado por intentar recuperar su pelota.

10. Camionero aplastado por su propio vehículo al intentar cambiar la rueda trasera derecha. Falló el gato hidráulico y el eje se le incrustó en la panza.

23

Los degolladitos de Valentín Alsina

La madre les cortó el cuello con una cuchilla de cocina a los tres hermanitos: una beba de meses y dos mellizos que no llegaban a los dos años. Un trío desangrado, simétrico, acomodado sobre la colcha bordó de la cama matrimonial.

24

La voladora

La tiró el marido por la ventana desde el piso doce. Cayó en el patio de un departamento de planta baja. Una mujer grandota, cincuentona, con un camisón floreado, despanzurrada sobre las macetas, olfateada por un gato siamés.

25

Serie del fin del día

La docena de viejitos muertos de hambre y sed en el geriátrico abandonado forman una de mis series más impactantes.

1. Pareja abrazada mirando la ventana.
2. Con un libro de poemas en la mano.
3. Ovillado bajo las frazadas.
4. Con la gorra puesta y el bastón en la mano.
5. Boca arriba. La dentadura dentro de un vaso con agua y los lentes con el marco de carey sobre la mesa de luz.
6. Frente al televisor apagado.
7. Con los auriculares puestos, conectados a una radio con las pilas sulfatadas.
8. La tejedora.
9. El elegante.
10. Jugadores de brisca.

26

Tu cabeza está llena de ratas

Cadáver comido por las ratas en el sótano del Ministerio de Defensa.

27

Avispas

Se durmió borracho bajo un árbol en una isla del Tigre y fue atacado por un enjambre de avispas. Está deformado de tal manera que no se reconocen formas humanas en su cara.

28

Azul

Cuando llegó la policía intentó tragar el tubo con los diamantes robados. Se atragantó y murió asfixiado. Tiene la piel azul y las manos echadas al cuello.

29

Rojo

Atada a un poste fue abandonada bajo el sol de mediodía. Murió por una insolación. Tiene la cabeza roja y la nuca rígida.

30

Violeta

El viejo fue encerrado desnudo en la heladera del bar. Quedó violeta y ampollado. Nunca vi un color tan intenso sobre una espalda, parece pintado.

31

Verde

Intoxicados por alimentos en mal estado. Una familia con caras verdes.

32

Negro

Carbonizados en la casilla, la madre abrazada a su bebé, parecen esculpidos en carbón.

33

El Salvador

Ahorcó a su hijo de tres años y lo clavó sobre una cruz de madera que él mismo había construido.

"Para que te salves y salves al mundo", anotó con su sangre sobre la pared y se quedó rezando frente al pequeño Cristo. Así estaba cuando llegamos.

34
Serie de las majas violadas

1. Helada en el baldío.
2. Sobre el césped recién cortado.
3. La niña de la florería.
4. El vuelo de la paloma.
5. Sinfonía en rojo.
6. La crucificada: Cristo es una mujer violada.
7. La reina sin cabeza.
8. La monja de la puñalada.
9. Fueron diez.
10. Una abuela sobre su cama.

35
Autorretrato final

Si todo salió bien, aquí estoy con el caño en la boca, los ojos cerrados y una mancha de sangre sobre la mesada de la cocina.

(Nota de la editorial: como pueden ver, no salió todo bien, el disparo le destrozó la cara pero no lo mató. Martín Silva agonizó dolorosamente durante dos meses en el Hospital Churruca. Publicaremos próximamente *Los últimos días de Martín Silva*, cien fotos conmovedoras tomadas por su hermano, Omar Silva, en el nosocomio. Sus repentinas mejorías, sus repetidas muertes y sus resucitaciones, un camino de sorpresas y emociones hacia el adiós final).

La ciudad del cangrejo

I

Los negocios ocasionales modelaron gestos en las calles de Buenos Aires.

Hubo un tiempo de canchas de paddle, otro de bares con mesas de pool, otro de clubes de video. También tuvieron su apogeo las parrillas con pollos despanzurrados, los farolitos en la vereda, las muñecas mecánicas que llamaban a los clientes, y los cambalaches de baratijas importadas "Todo por Dos Pesos". Como una enfermedad contagiosa, o una necesidad, la proliferación exagerada de estos comercios, uniformaba el paisaje sobre una muerte anunciada. Las ruinas abandonadas, monumentos al fracaso, siguen en pie.

¿Pasará lo mismo con la moda de las salas de quimioterapia?

En cada esquina hay una. Han adoptado nombres originales, a veces de mal gusto, pero siempre impactantes. No se distinguen por los descuentos ofrecidos ni por las obras sociales disponibles, la tarifa nacional de quimioterapia, impuesta por el Ministerio de Oncología, le puso precio fijo al servicio. Solo se diferencian por la atención y por la singularidad de las propuestas.

Quimioshow, de Corrientes y Callao, brinda música en vivo con renombrados artistas nacionales. *El Club de la quimio*, de Acoyte y Rivadavia, reúne solos y solas de menos de treinta años, y es un buen lugar para los encuentros amorosos.

Los clientes de *SimioQuimio,* en San Telmo, escuchan jazz, y reciben heroína de primera (una consumición por cabeza). Como en los otros locales, hay marihuana libre, y para los mayores de cuarenta años una vuelta de ácido lisérgico. Todo controlado, con sustancias sugeridas, fiscalizadas y entregadas por el Ministerio.

La experiencia de los científicos argentinos ha conseguido eliminar los efectos secundarios de los citostáticos. Estos fármacos que se utilizan en la quimioterapia, atacan a las células cancerosas, pero también destruyen a todas las que crecen con rapidez, como la mucosa del intestino y del estómago, o las células de las raíces capilares.

En estos modernos y acogedores locales de Quimio, se han perfeccionado las terapias destinadas a suprimir el dolor y mejorar la calidad de vida.

"Sin náuseas ni cansancio", anuncian con carteles luminosos.

No se pudo evitar la caída del pelo.
Hubo un tiempo de pelucas, ahora solo los viejos las usan.
Los tatuajes afirman signos desde las cabezas rapadas.

II

Es difícil hallar mujeres con dos tetas.

La cirugía preventiva logró elevar el promedio de vida de las treintañeras. Ante la menor duda amputan los pechos. Al cruzar los cuarenta años se aplica la ley 456 del Gobierno de la Ciudad, que obliga a extirpar los ovarios y las trompas uterinas.

"Si tenemos un par / lo podemos cortar", dice la copla popular.

A los hombres también los "operan preventivamente". Los testículos se extirpan, con consentimiento del paciente, aprovechando el turno de la prostatetomía obligatoria. La técnica quirúrgica ha evolucionado de tal forma, que se pueden salvar las fibras nerviosas necesarias para la erección, a pesar de la extirpación total de la glándula, las vesículas seminales, parte de la vejiga urinaria y de la uretra.

"La incontinencia / es preferible / a la impotencia", insiste el estribillo de la milonga.

Se usa mucho perfume en Buenos Aires.
El olor profundo del pis, combinado con el humo de los porros, y las fragancias más exóticas, han formado el nuevo aroma del tango.

Las mutilaciones y las amputaciones forman parte de una estética inquietante.

Tumores, anos contranatura, verrugas, sondas, ganglios inflamados y llagas, ya no impresionan a nadie, y no avergüenzan al portador.

Los maquillajes crearon muecas violentas sobre las caras. La industria cosmética impuso la moda de la máscara, para borrar el color apergaminado o los estragos del cáncer de piel.

Suenan voces extrañas.
Luego de las laringectomías, es posible volver a hablar con aparatos electrónicos, colocados alrededor del cuello como bufandas. Escupen palabras metálicas, voces de robots sin color ni emoción.

No existen otras enfermedades.
En este espacio no pueden sobrevivir ni las bacterias ni los virus.

III

En esta Buenos Aires tumoral, cruzar entero los cincuenta años es imposible.
A pesar de todo, los porteños siguen enamorándose y formando familias. Es curioso que el índice de natalidad no haya descendido.
Los hijos del cáncer serán parte del cáncer, lo llevarán en sus genes, como el color de los ojos o el tono de la voz, pero, orgullosas de sus panzas, las embarazadas recorren los nueve meses con alegría. Saben que será su única oportunidad para llevar vida entre los huesos. Mañana gestarán tumores.

IV

Mucho más que cancerosos.
Los consideran cancerígenos.
El mismísimo Rey de España prohibió la entrada de argentinos a la Península Ibérica: "Debemos salvar al Reino para salvar a Europa", dijo en un famoso discurso, donde exigía la ex-

pulsión de latinoamericanos y africanos, (unos por el cáncer, otros por el SIDA).

En realidad, solo Buenos Aires sufre esta epidemia. Comentan que en Montevideo está comenzando la misma historia. Las demás ciudades de la Argentina y de América por ahora están a salvo.

V

Algunos dicen que la Era del Cangrejo comenzó luego de la hambruna y la invasión de ratas.

Ese gigantesco sistema que instaló la Compañía Europea de Energía, sembró en Buenos Aires antenas y transformadores con PCB, prometiendo la eliminación total de los roedores. Lo consiguió. No quedó una sola rata. Tampoco quedaron vivos los pájaros, los gatos y los perros. Los mamíferos mayores, incluido el hombre, desarrollaron todo tipo de tumores.

Hay quienes responsabilizan al psicoanálisis por el desastre. Buenos Aires era el último bastión de los lacanianos en el mundo.

Una teoría argumenta que los porteños, luego de eternas terapias, han desarrollado una "personalidad cancerosa", desde su agresividad, su desproporcionado yo, sus culpas, sus eternos disfraces y su desaliento contagioso.

Tampoco hay que olvidar que la Reina del Plata se apoya sobre un colchón de basura química, herencia de aquel negociado que permitió pagar la deuda externa.

Hubo también años de fanatismo por la soja. Los convencieron a los argentinos sobre las bondades alimenticias de esa forrajera cancerígena.

Las radiaciones, las antenas, el PCB, el exceso de divanes, la corrupción, y un sueño fundado sobre los desperdicios del mundo, construyeron esta realidad sin salida.

VI

La Organización de las Naciones Unidas recibió la proposición de la Comisión Controladora de Epidemias, de la Comunidad Europea, encabezada por el Rey de España, de "asolar la región afectada por el cáncer, para evitar la propagación del mal en el mundo (...)".

Hubo opiniones encontradas, algunos pensaban en el aniquilamiento total, otros sugerían la construcción de "barreras químicas de aislamiento". Triunfó la teoría del "laboratorio". Han transformado al Río de la Plata en zona de investigación científica permanente.

Buenos Aires es una jaula con ratones blancos.

VII

Una célula sana enloquece luego de un malentendido.

Recibe una información equivocada, y planea la destrucción del cuerpo al que pertenece, y del espacio que la contiene, durante largos años de latencia.

Las razones del acontecimiento son variadas y múltiples.

El tumor evoluciona estimulado por el estilo de vida, los sometimientos permanentes y el alquitrán que se instala en el alma luego de cada derrota.

El cangrejo avanza desde la soledad de las vísceras para comerse a sí mismo.

Proliferan los tumores en Buenos Aires.

Hacen metástasis sobre el futuro.

VIII

Los peladitos andan a muerte.

Tienen amor corto. Desconocen la ausencia. No saben llorar por la pérdida de un compañero, ni les duele convertirse en huérfanos.

Aprenden rápido. Los nuevos planes de educación aceleran los tiempos. A los doce años ya están ingresando a la Universidad.

No conciben el miedo a morir, ni la melancolía.

La certeza de que nunca envejecerán, los hace eternamente niños.
Juegan a vivir con los días contados.

IX

En una ciudad donde todos tienen cáncer, desaparece el cáncer.
La proximidad inevitable de la enfermedad inmuniza.
Los tumores avanzan despiadados, comen pedazos del espejo, pero no matan.

Siempre fueron exhibicionistas los porteños. Si a eso le agregamos su narcisismo exacerbado y el histrionismo conocido, se convierten en los participantes ideales para un "Reality Show".
La Ciudad del Cangrejo es el programa de televisión de mayor audiencia de la historia. Hace veinte años que se trasmite desde Buenos Aires, provocando un encendido casi total de los televisores en Europa. El sistema instalado por la Compañía facilita la realización, y los buenos técnicos argentinos perfeccionan el producto.
Es atractivo ver fornicar con amputaciones, deformidades y cicatrices.
La audiencia masiva mantiene con vida a la ciudad.
Una propuesta de aniquilamiento total fue frenada por la Radio Televisión Española y por la organización del Onco Loto, un emprendimiento de productoras independientes, que recauda millones de euros con el entretenimiento de moda.
El juego consiste en acertar la fecha exacta del fallecimiento de los recién nacidos.
"Onco Loto. Apuestas a largo plazo. Los premios de la eternidad", vocifera el locutor desde el aviso publicitario.

La muerte roza con espinas, raspa la paciencia, es perfecta.
La vida miente con reflejos, causa terror, es inexacta.
Todo lo inútil se desvanece en la agonía.

X

La resistencia se arma en los márgenes.

En la ciudad de Luján, entre las ruinas de la vieja Basílica, se reúne el Comando Suicida de los Gauchos de la Virgen. En el delta del Tigre existen varias agrupaciones guerrilleras, todavía sin conexión entre sí: la Organización García, el Comando Tango Tumor y el Batallón Siniestro No Nacerán.

Atacan desordenadamente. Molestan. Necesitan un líder y carecen de una estrategia. Dan golpes al vacío, disparan al bulto, pero no tienen destino, solo actúan por oposición al imperio. Sus atentados son ignorados por los medios de comunicación y el pueblo no sabe de su existencia.

Los rebeldes también mueren de cáncer, están solos, y quieren recuperar *La Ciudad del Cangrejo*, pero aún no saben para qué.

XI

El Río Luján, las máscaras y los ataques suicidas son los puntos en común entre las cuatro organizaciones.

Los Gauchos de la Virgen llevan la cara del Martín Fierro de Castagnino y actúan como hombres bomba. Han navegado el Río Luján hasta la altura de la ciudad de Pilar. Allí pudieron rescatar armas, computadoras, medicamentos y ropa, abandonados en los antiguos barrios cerrados.

Los guerrilleros de la García, única organización mixta, eligieron la pintura plateada de Charly y se inmolan atacando centros proveedores de energía. Acampan en la vieja Central Nuclear Atucha y llegan a Buenos Aires por el Río Paraná de las Palmas y el Luján.

Los Tango ocupan el complejo ferrovial Zárate-Brazo Largo, viven en los túneles construidos bajo el agua y viajan preferentemente por el Paraná Bravo hasta el Río Uruguay. Ya tomaron la ciudad uruguaya de Nueva Palmira. En algunas ocasiones también utilizan la ruta del Paraná de las Palmas y el Luján para llegar a su cuartel en Benavidez. Llevan la cara de Gardel y se especializan en envenenamientos colectivos.

El Batallón Siniestro No Nacerán está formado solo por mujeres. Acampan en el antiguo recreo del Sindicato de Educadores frente al Tigre Hotel y se exponen continuamente a los ataques del ejér-

cito de la Comunidad Europea, navegando el Luján hacia el Río de
la Plata o remontando las aguas negras del Reconquista. Logran
colarse en la ciudad y atacan a las embarazadas.

XII

Los rebeldes no se aplican quimioterapia. Lucen largas cabelle-
ras y frondosas barbas, imposibles de ver en Buenos Aires. Tienen cáncer pero no llegan a desarrollar los síntomas terminales
de la enfermedad, mueren jóvenes, en la plenitud de sus fuerzas,
entregando su vida por una causa que no pueden definir en palabras, pero que les da sentido a cada uno de sus días.

Alguien afeitándose prolijamente frente al espejo es símbolo
de lucha en los campamentos guerrilleros. Intentará mimetizarse
con el enemigo para hacerle daño.

XIII

La Organización del Onco Loto y la Radio Televisión Española,
han informado a las autoridades militares europeas, ubicadas en la
zona, sobre los movimientos de estas células subversivas. Están
preocupados por el deterioro que le causan estos individuos al filón,
pero no quieren aniquilarlos, sueñan con incorporarlos al juego. La
lucha armada sería una variante atractiva para los televidentes.
Están buscando un dirigente guerrillero para negociar pero no
lo encuentran. Es difícil pactar beneficios con un grupo de jóvenes condenados a muerte, convencidos de todo lo que no les
gusta, pero inseguros de los horizontes a seguir, que atacan desordenadamente y carecen de una estrategia, que intentan recuperar una ciudad sin saber para qué.

XIV

Mientras el sistema siga creyendo que todos tienen su precio,
y continúe convencido de la vulnerabilidad y la inofensiva inge-

nuidad de los sediciosos, la resistencia parecerá invencible.

Mientras los rebeldes no toleren que les inventen un líder, ni se permitan abandonar sus dudas, seguirán vivos sobre sus firmes pasos de muerte.

(Continuará)

El Piojo López

I

La fórmula fue probada en el laboratorio y logró un alto grado de eficacia. Hubo también ensayos con humanos que no presentaron reacciones negativas.

Era el producto perfecto: cumplía con su propósito insecticida, no presentaba contraindicaciones y aseguraba larga vida y prosperidad a la industria farmacéutica. Por esa idea recibí el premio Madre Teresa de Calcuta en la C.E.I.F.A. (Cámara de Empresas de la Industria Farmacéutica en la Argentina). Gané mucho dinero, una cifra que jamás hubiera soñado.

Pocos se enteraron de los accidentes trágicos. Apenas un puñado de familiares directos de las víctimas, que recibieron una importante indemnización.

Las empresas taparon todos los indicios. Los jueces borraron todas las pruebas.

II

Los piojos son insectos parásitos externos, hematófobos, que chupan como vampiros sobre la piel de los vertebrados de sangre caliente.

Los que viven sobre los humanos pertenecen a la familia de los pedicúlidos, y se dividen en tres especies según sus apetencias: el piojo del cuerpo, que crece con la mugre y se reproduce sobre los torsos de los vagabundos; la ladilla, que anida en el pubis de las putas y sobrevive en los albergues transitorios; y el clásico piojo de la cabeza, que pone sus huevos cerca del cuero cabelludo de los niños. Sobre este tercer bicho he desarrollado mi tesis universitaria.

El estudio de los parásitos siempre me apasionó. Y particularmente la vida de los pedicúlidos. Siempre sentí una gran admiración por esas hembras dominantes, gordas y voraces, con sus tres pares de patas poderosas, sembrando liendres invencibles, aferradas a un pelo para defender el futuro de la especie. Estos insectos sin alas y sin belleza, que solo existen para molestar y robar sangre a los humanos, son una máquina bélica insuperable, sus cuerpos poseen un diseño aerodinámico perfecto, su velocidad les permite ataques sorpresivos, y sus costumbres los hace aptos para tomar territorios enemigos.

En la Facultad de Veterinaria, mi trabajo fue seguido de cerca por el Departamento de Parasitología. Logramos una fórmula devastadora para los piojos y sana para los niños. Fue presentada en muchos laboratorios, a veces cuestionada con vehemencia, otras gentilmente rechazada, y siempre olvidada en un cajón.

III

Me había recibido de veterinario en Diciembre. Luego de pasar las fiestas y el verano en Pergamino, regresé a Buenos Aires para empezar mi vida profesional.

Andaba por el invierno porteño con mi diploma de honor bajo el brazo y mi medalla de oro en el bolsillo (había obtenido el mejor promedio de la Facultad desde su creación), pero no tenía un trabajo fijo ni vislumbraba un futuro posible. Mi especialización en parásitos era casi ridícula. En la Facultad todos me conocían como "el Piojo López". Era, de alguna forma, el "hazme reír" de mi generación.

Mis primeras armas profesionales las hice en la clínica del padre de un compañero de curso. Atendía a las mascotas de los vecinos. Castraba perras y gatas, le daba la extremaunción a los canarios y miraba inútilmente a los ojos a las tortugas. Cada amo pagaba lo que podía, o lo que creía que valía su animalito. Era un veterinario a la gorra.

Dormía en una pensión del Bajo Belgrano, la cama era barata, y la dueña chaqueña preparaba por pocos pesos suculentas cenas. Compartía la pieza con dos marcadores de punta de Excursionistas. Éramos tres parias del interior de la Provincia de Buenos Aires probando suerte en la Capital.

IV

El flaco Lamela era un tipo muy ingenioso y charlatán. El petiso Hernández era mudo. El flaco era un burro. El petiso pintaba para crack. También venían de Pergamino, los habían dejado libres en Douglas Haig.

– Vos sí que sos un boludo Cachito. Así no vas a ir a ninguna parte. Te vas a cagar de hambre toda la vida. Lo que tenés que hacer es atender a las vacas o a los caballos de los ricos, no a los bichos falderos de los pobres.

Me decía el flaco a los gritos mientras el petiso asentía con la cabeza.

Yo sonreía, sospechando que tenían razón. No quería herirlos, pero ellos estaban jugando en un club de la cuarta división del fútbol argentino por la comida y la cama, y su futuro, seguramente, sería peor que el mío.

– Un empresario nos va a colocar en River.

Fueron las únicas palabras que le escuché al mudo. Y nunca quise desilusionarlos. La esperanza los mantenía felices.

La escena y la recriminación se repetían todos los días.

Cansado de sentirme tonto, intenté explicarles que mi especialidad no era el campo, que había inventado la fórmula para matar los piojos y que la vida de los parásitos me resultaba apasionante.

– Si querés ganar guita, entonces, lo que tenés que hacer es criar piojos, ¡si los querés tanto, tenés que domesticarlos, papá!.

Aseveró el flaco Lamela riendo a carcajadas, el petiso Hernández rió también, sin sonido pero con un enloquecido movimiento de hombros.

"Criar piojos", estas palabras fueron el disparador para la puesta en marcha de uno de los negocios más brillantes de la historia argentina.

V

Solo el 10% de los alumnos de las escuelas argentinas tenían piojos. Mi descubrimiento inicial ofrecía un beneficio insignificante para los laboratorios multinacionales. Los piojos eran patrimonio de los niños de las familias con menores recursos, y para colmo, mi fórmula los haría desaparecer de la faz de la tierra en un par de años. Pocos y malos clientes, para una temporada corta: un mercado sin futuro y sin presente.

La idea del flaco Lamela era genial: criar piojos, alimentarlos para que luego necesiten un cazador, un flautista de Hamelin.

Estudié durante meses la manera en que debía vender la idea, y a quién se la podía ofrecer.

– A los bifes.

Murmuró el petiso mudo, sorprendiendo a la audiencia.

Y tenía razón, había que ser claro en la propuesta, sin vueltas ni eufemismos. Decidí entonces presentarme en la Cámara de Industrias Farmacéuticas, para conversar con algún gerente comercial. Siempre es más fácil entrar por la ventana de los negocios que por la puerta de la ciencia.

Tres páginas copiadas en el locutorio de la Avenida Luis María Campos, encarpetadas y prolijas, con títulos catastróficos y pocas explicaciones, fueron suficientes para ofrecer el proyecto.

VI

Mi primer millón lo recibí el día en que la Cámara confirmó la estadística: "El 80% de los alumnos argentinos tiene piojos". La campaña tuvo un éxito fulminante. Multiplicamos por ocho la cantidad de portadores para elevar el poder adquisitivo de sus familias. En Francia, España o Estados Unidos, por ejemplo, sigue siendo solo el 10 % más pobre el que sufre de pediculosis.

Con el flaco y el petiso fundamos la Consultora Científica Pergamino. Instalamos oficinas y laboratorio propios en Libertador y Monroe.

Ellos extrañan los sábados en la cancha de Excursionistas, saben que nunca jugarán en River, pero disfrutan de sus autos, sus trajes y sus departamentos.

La hermana del petiso se vino a vivir a Buenos Aires para estudiar medicina. También trabaja con nosotros en la consultora.

VII

Los laboratorios multinacionales habían recaudado millones de dólares gracias a mi proyecto.

Pero los grandes negocios requieren innovaciones para mantenerse vivos.

– Todo lo que se estanca muere, Dr. López, piense en alguna cosita para sacudir la modorra…

Recomendaba el gerente con una sonrisa urgente.

Propuse aumentar el tamaño del piojo, de 3,5 mm. a 5mm., para que su mordedura moleste más. La idea era crear una incomodidad insoportable en los niños para que se quejen, ya que muchos de ellos conviven con el bicho sin decir nada, y el combate solo es librado por los padres.

– El departamento de comercialización y marketing de la Cámara había realizado una investigación sobre una gran cantidad de casos. La encuesta pronosticaba una aceleración de las ventas del 20%, si se lograba poner en marcha el plan "Piojo Gigante".

– Si los pibes se quejan, los padres compran y nosotros facturamos. Un círculo perfecto, Dr. López. Una ecuación ideal.

Repetía el gerente con una seguridad que asustaba.

VIII

"La Nueva Crema Antipiojos *Chau*, con esencias vegetales, previene la pediculosis y elimina las liendres. *Chau* es infalible. Se deja toda la noche y no hace falta enjuagar. ¡Chau piojos!".

Recitaba el locutor en la publicidad.

La idea era matar a los insectos adultos con la crema, y lograr que las liendres se conviertan rápidamente en esos piojos gigantes soñados. Era inofensivo el juego, apenas pretendía provocar una picazón mayor en los niños y vender unas cuantas toneladas de crema en poco tiempo.

No sé si habrá sido por la terrible humedad de ese verano, o por la cantidad de cloro que tenía el agua de las piscinas de Buenos Aires, pero lo cierto es que se produjo una reacción química no calculada.

La crema se convirtió en un poderoso estimulante para los piojos recién nacidos, que rápidamente se transformaron en fieras gigantes, rápidas y voraces.

A los niños mayores de seis años con más de 10 kilos de peso solo les produjeron lesiones y mordeduras leves en el cuero cabelludo. Pero los más pequeños pagaron con la vida un error de cálculo de los laboratorios.

Aparecieron en los hospitales cientos de casos de chiquitos muertos, vampirizados en minutos por los ínfimos monstruos. Presentaban la cabeza hinchada, deformada por las mordeduras, los ojos desorbitados y los labios morados. La mayoría había sufrido problemas cardiorrespiratorios, debidos a una curiosa reacción alérgica. Esta nueva especie de piojo había desarrollado un veneno que detonaba en contacto con la sangre.

En sus cueros cabelludos fueron encontrados los cadáveres de los bichos que se inmolaron en su salvaje carrera asesina. Eran esferas rojas, con identificables trompas sanguinolentas, amarradas al nacimiento de un cabello.

— No es culpa suya, Dr. López, fueron apenas trescientos cincuenta y tres casos mortales en más de veinte millones de consumidores, son cosas que pasan.

Intentó consolarme el Gerente Comercial.

IX

Taparon todo. El negocio siguió viento en popa. Piojos habrá siempre.

Lamela y Hernández continúan trabajando para la Cámara, propusieron trasladar la técnica y la experiencia a otros países.

Vendí mi parte de la Consultora Científica Pergamino y me casé con la hermana del petiso.

Abrí una clínica para mascotas en Lugano. Volví a ser veterinario a la gorra.

Con mi mujer estamos investigando el problema de los parásitos intestinales. En Buenos Aires los sufre solo el 10% de la población infantil, si logramos triplicar la cantidad de tenias, tendremos una gran oportunidad entre manos. Podrían participar del negocio los laboratorios de análisis clínicos, la industria farmacéutica y los franceses dueños de Aguas Argentinas.

Una estrategia inocente e inofensiva: acelerar la reproducción de larvas para ganar unos pesos.

Coleccionistas

1

Uñas cortadas

Pintadas, sanguinolentas, encarnadas, rapaces, postizas, mugrientas. Arrancadas a muertos ilustres o compradas a manicuras de barrio. El viejo Pusineri guardó restos de uñas cortadas desde 1910 (año del centenario), hasta el día de su muerte en 1982 (plena guerra de Malvinas).

Legó a la Nación toneladas de pezuña muerta, que fueron derretidas a las cien horas de su entierro. Edificaron con esa pasta, murallas de nácar en los jardines de la quinta de Olivos.

2

Flores secas

La sexagenaria señorita Carlota Calics, directora del Colegio Normal de Merlo, recorría los velorios de los famosos (actores o cantantes), y se llevaba de cada uno una flor arrancada de una corona.

Utilizaba dos métodos para secarlas:

A. Colgaba boca abajo (pétalo abajo), en la azotea, a las flores de los finados famosos que más quería.

B. Aplastaba entre las hojas de Radiolandia, bajo el peso de diez tomos de la enciclopedia Espasa Calpe, a las flores de los finados famosos menos trascendentes.

Las del método "A" eran ordenadas cronológicamente (por fecha de fallecimiento) y colocadas en floreros para ser exhibidas.

Las del método "B" eran ordenadas alfabéticamente (por apellido del muerto ilustre), y conservadas en tomos encuadernados.

Murió soltera la señorita Carlota Calics. Dejó en su testamento la orden de construir una corona mortuoria con las flores que había coleccionado. Debía estar cruzada por una faja de seda rosada donde figuraran todos los nombres de los famosos y esta leyenda: "Para Carlota, te esperamos..."

Fue esa la única ofrenda que la acompañó en la noche del velorio, frente a la cancha del club Midland.

Cuando la estaban por llevar los empleados de la funeraria, una desconocida entró a la sala y arrancó una flor de la corona. Carlota se levantó de su cajón y la mató con certeros golpes de candelabro. Luego huyó amortajada hacia el viejo cementerio de Merlo.

3
Mingitorios usados

El Licenciado Acosta buscó mingitorios usados, en los baños públicos de las estaciones ferroviarias, durante la década del cincuenta.

Sabía leer el futuro en los dibujos proféticos que el pis deja sobre la loza blanca, dominaba el arte de la orinomancia, descifraba los caminos amarillos de la historia y ofrecía soluciones para la posteridad.

4
Tatuajes

Todo empezó en una sesión de fotos, una tarde de verano, para la revista Gente, con esa modelo de la mariposa en el glúteo. Monárriz enloqueció con la belleza del dibujo y olvidó el cuerpo sensual de la rubia.

La imagen multicolor, casi psicodélica, del insecto sobre la hermosa nalga, fue el inicio de la colección de tatuajes más importante jamás reunida.

El Tatoo Museum de Buenos Aires exhibe cientos de miles de piezas de todo el mundo. Lo visitan millones de personas, muchos amantes del arte y otros tantos perversos.

El éxito de la idea consistió en no haberse contentado con las fotos, y haber comenzado a buscar diseños, diseñadores y artistas del tatuaje, para luego comprar piel tatuada, pagando muy bien el centímetro.

La Fundación Monárriz realizó junto al Gobierno de la Ciudad, un censo de tatuados, con nombre de la obra y del artista, y número de documento del portador. En el certificado de defunción debe constar, además de la donación de órganos, la cesión obligatoria de la parte del cuerpo tatuada al Tatoo Museum, considerado ya "Patrimonio de la Humanidad" por las Naciones Unidas.

Ahora, en la cúspide de su fama y de su imperio, compra brazos, piernas, torsos, tetas, culos, penes, caras y toda parte del cuerpo que haya sido tatuada. Cotiza altamente el kilo vivo tatuado de humano menor de treinta años. Los científicos que trabajan para el museo han descubierto que la sangre en marcha mantiene la lozanía de la piel y asegura la eternidad de la obra de arte.

5

Barcos en botellas

Porque soñaba con su amado río cautivo, porque lo imaginaba solo para él sobre un estante de la biblioteca, guardaba barcos en botellas.

Armaba sus naves con exasperante paciencia y en silencio, luego de beber el vino blanco de los envases que utilizaba.

Abandonado por su mujer, por obsesivo, por mudo y por alcohólico, vive ahora en un barquito sobre su amado río, y sueña todas las noches con un gigante borracho que lo condena a morir dentro de una botella.

6

Caspa y sudor

"Compro caspa y sudor". Dice el aviso publicado en los clasificados de Clarín, por el Dr. Estévez Pipachanchi, propietario y director de la Clínica de Estudios Alternativos Swami Pipachanchi.

Miles de casposos acuden a la convocatoria, atraídos por los $10 por gramo que paga la clínica. Sacuden y rascan compulsivamente sus cabezas sobre unos recipientes de vidrio especialmente diseñados: casperos. Los elegidos deben presentarse sin ningún tipo de lavado ni cosmética capilar. No se aceptan costras de psoriasis ni heridas sanguinolentas, solo caspa.

El sudor se paga mejor, pero la selección es más estricta. Buscan flacos vegetarianos. Los visten con trajes absorbentes y los hacen correr durante una hora sobre una cinta, en una habitación calefaccionada y sin ventilación. Una prensa se encarga de exprimir la "ropa esponja", y un enfermero saca de todos los recovecos del cuerpo, con un hisopo especial, los restos de transpiración. Es un método cruento e incómodo, donde se pierde mucho tiempo, por eso se paga $100 por sesión, no por cantidad de sudor.

Toneladas de caspa y litros de sudor seleccionados y esterilizados, se mezclan en estudiadas proporciones para lograr una masa salobre y consistente, que concentra todos los minerales y las vitaminas necesarias para la dieta diaria, y acabará con el hambre del mundo: el Pan de Swami Pipachanchi.

Este producto tendrá mayor poder alimenticio y provocará menos perjuicios a la salud que la soja. No necesita de espacio para su cultivo ni tecnología sofisticada para su producción. Será una fuente de trabajo para muchos argentinos y una forma de llevar el pan a la mesa todos los días.

Los pobres podrán agregar otras opciones a su menú: Pan Swami Pipachanchi, milanesas Swami Pipachanchi, hamburguesas Swami Pipachanchi, del Dr. Estévez, un argentino para el mundo.

7

Miradas

Reginaldo Pelliza había decidido recorrer el mundo con su bicicleta. Desde Tierra del Fuego hasta Alaska. Desde Kamchatka hasta la Península Ibérica. Desde Marruecos a Etiopía. Desde Yemen a Mongolia.

Tardó treinta y dos años en completar su gira mágica y misteriosa.

Sacó más de dos millones de fotos en los lugares más bellos de la tierra. Y publicó una serie de libros con esas imágenes. No aparecían paisajes en esos enormes volúmenes, solo ojos mirando paisajes.

Cada fotografía estaba identificada y catalogada con el nombre y el oficio del dueño de los ojos, la fecha y la hora de la mirada, y el paisaje que en ese momento estaba viendo. Jordi Pujol, carnicero catalán, 20 de setiembre de 2004, Lago Titicaca. Charlie Souza, criador de caballos argentino, 30 de enero de 2010, Estrecho de Bering. María Albarracín, sargento de la policía uruguaya, 12 de julio de 2019, Volcán Etna en erupción.

"Todo lo que vemos es mentira del ojo. Hasta el ojo que creemos ver es falso. Por eso quise investigar las miradas, para intentar encontrar la verdadera imagen del universo". Sostenía Reginaldo Pelliza en el prólogo.

Esa colección única de miradas, pretendía desentrañar el truco de la luz, hallar el color original de las cosas, y confirmar las formas reales del cosmos.

No se han conservado ejemplares del trabajo. Por alguna inexplicable razón, el autor destruyó la edición completa de la obra y se suicidó de un tiro en la boca. Suponen sus biógrafos que algo espantoso había descubierto.

Dejó una última foto de su propia mirada aterrorizada frente al lente de su cámara.

8

Morgue

Los peluqueros de Villa Urquiza guardan mechones de pelo, ordenados cronológicamente y cromáticamente, en prolijos libros.

Los odontólogos de Barrio Norte conservan en bolsas las piezas extraídas a sus pacientes, y las dividen en tres grandes grupos: muelas de juicio de mujeres, colmillos de hombres y dientes de leche.

Las prostitutas de Corrientes y Esmeralda atesoran en latitas de azafrán una gota de semen de cada cliente.

Los cirujanos del Hospital Pirovano reúnen trozos de cuerpos en las heladeras, con la secreta esperanza de armar un monstruo.

Los funebreros de la Chacarita juntan lágrimas en los entierros, y las envasan en frascos de mermelada.

Bibliófilos de Balvanera, numismáticos de Caballito, filatélicos de Flores, taxidermistas de Colegiales, invaden los espacios con sus inútiles pasiones.

Pinacotecas en Retiro, bibliotecas en Devoto, anticuarios en San Telmo, museos en La Boca, hemerotecas en el Congreso, aplastan con vejez la vida de la ciudad.

Todos los porteños almacenan compulsivamente las cosas que suponen amar, creen que coleccionar es tener memoria y convierten a Buenos Aires en una morgue.

Sucesos

¡Viva la vida!

Trozado en vida logró que danzaran cada una de sus veinte partes. Sobrado de corazones latía por todos lados, con sus veinte pedazos y sus veinte pares de ojos, con sus veinte narices y sus veinte bocas que gritaban: "¡Viva la vida!". Fragmentado cantaba veinte canciones con sus veinte lenguas y sus veinte pares de labios, que siempre terminaban gritando: "¡Viva la vida!"

Cuando quisieron armarlo empezaron los problemas. Descubrieron que se había perdido una pieza del rompecabezas: la parte de "Viva la vida".
– Usted tiene mala suerte pibe.
Sentenció un viejo turro, luego de robarle la parte de "Viva la vida".
Ya no gritaba más "¡Viva la vida!", andaba mudo. Pero volaba inconcluso de palo a palo con sus veinte pedazos menos uno, y atajaba todo lo que la muerte tiraba. Mientras tanto, el viejo turro resucitaba con su pedazo de "Viva la vida", a todos los viejos turros de la historia argentina, y convertía al país en un lugar injusto.
– ¡Viva la vida! ¡Viva la vida!
Cantaban entonces los viejos hijos de puta, mientras le pagaban a la muerte para que fusile al héroe de los veinte pedazos menos uno.

Aguantó todo lo que pudo. Puso sus veinte pedazos menos uno al servicio de la hinchada, pero no fue suficiente. Una bola zigzagueante, luego de rozar en una brizna de hierba, se le coló justo en el agujerito que había dejado la pieza robada por el viejo turro.
– Usted tiene mala suerte pibe.
Repitieron a coro, socarronamente, los viejos hijos de puta, apoyados ahora por una multitud de traidores, que se habían dado vuelta en el aire como una moneda.
Desde ese día, los argentinos estamos condenados a perder uno a cero, sobre la hora, injustamente, a cada momento, fragmentados en veinte pedazos menos uno, para siempre.

Marcelo

Caminaba en círculos mientras fumaba cigarrillos negros.

Estaba exageradamente nervioso el padre primerizo, solo, de madrugada, en la sala de espera de la maternidad, rodeado de tres sillones de cuerina marrón y dos cuadros de mueblería con tormentosos paisajes marinos. Había participado del curso "Los dos estamos embarazados", y estaba programada su presencia en el parto, pero una cesárea inesperada lo alejó del momento que tanto había soñado.

De repente, por la puerta vaivén de la sala de partos, apareció una enfermera alta, con barbijo blanco y cofia rosada, con un bebé en brazos.

– ¿Es usted el Sr. Oscar González?

– Sí, soy yo...

– ¡Lo felicito! Es un varón hermoso ¿cómo se va a llamar?

– Marcelo se va a llamar... porque admiro a Marcelo, el de la televisión...

La enfermera realizó entonces un movimiento torpe pero rápido, que provocó la caída del bebé. Antes de que toque el suelo lo tomó de las piernitas y lo sacudió contra una de las paredes, ensangrentando los paisajes marinos. Luego le pateó la cabeza y lo volvió a estrellar contra la otra pared.

En esa terrorífica fracción de segundo González gritó desesperado mientras se abalanzaba sobre la asesina de su hijo.

– ¡Qué hacés turra! ¡Lo estás matando!

Desde una puerta lateral aparecieron sorpresivamente cuatro tipos fornidos. Lo dominaron y le sacaron a la enfermera de las manos. Uno de ellos llevaba una cámara de televisión al hombro y estaba filmando todo lo que sucedía.

– ¡Pará fanático! Era una broma para la televisión, para el programa de Marcelo...

– Entonces, ¿ese bebé destrozado no es mi hijo?

– Sí, es tu hijo, pero había nacido muerto... Tu señora, la mamá, está bien, y es la cómplice de esta sorpresa. Mirá a la cámara y saludá a Marcelo.

– Me la hiciste bien, cuervo y la puta que te parió.

Balbuceó González, con una media sonrisa, aliviado, con el cadáver de Marcelito entre los brazos, sabiendo que había ganado un viaje a Miami para dos personas, y que había podido saludar a su ídolo.

Caniche

Las manos amputadas del general Perón tiran un caniche desde el piso trece de un edificio del barrio de Caballito. Acierta en la nuca perfumada de una vieja profesora de piano, y la mata contra las baldosas. Los curiosos se arremolinan frente a los dos cadáveres. Un camión repartidor de la Coca Cola, que iba por la Avenida Rivadavia hacia Liniers, se llevó puestos a los treinta y tres chismosos de la muerte ajena. La tragedia se multiplicó cuando los viejitos de la clínica geriátrica de al lado explotaron del corazón al presenciar semejante catástrofe.

Crónica tituló: "Un caniche mató cien argentinos".

Más tiempo que Piluso en Mar del Plata ha tenido el perrito para golpear en la nuca vieja de la profesora amante de Mozart. El capitán de la gomera (cruel como la leche de su abuela) voló sin puntería desde el balcón de su departamento. Se comenta que también fue suicidado por las manos amputadas del general sin hijos, con televisión en directo y esperma mágica amputada para la clonación de un Pilusito sin manos (como el general Perón).

– ¡Es igualito al padre! (dirán cuando se tire de la cuna).

– ¡Es igualito al viejo! (dirán cuando nos eche otra vez de la plaza).

Las manos amputadas del general Perón dominan los ojos de los torpes choferes domingueros y los obligan a aplastar perros con sus autos en las esquinas. El mismísimo coronel del pueblo, ¿gran conductor?, había hecho puré a su amado perrito faldero con las ruedas traseras de su rastrojero justicialista. Fue en la quinta de San Vicente, mientras Evita se moría de cáncer. Ahora quiere lavar su crimen dividiendo la culpa en pedacitos, y mancha con sangre canina los neumáticos de todos los automóviles argentinos.

El general de las manos amputadas siempre mataba lo que amaba. Y más aún, mataba a quienes lo amaban. Hemos construido un fracaso sobre su contagioso gesto filicida.

Las manos amputadas del General Perón se transforman en tremendos brazos de boxeador retirado que trituran cuellos de

muñecas inflables para enterrarlos en los jardines de los vera-
neantes. O en delicados dedos de peluquero italiano que acomodan pelucas en la cabeza de un traidor. O en gatillos fáciles de
los millonarios encerrados en sus gettos, que asesinan señoras
elegantes contra las canillas de sus baños más elegantes todavía,
para que nadie sepa su sufrir.

Las manos amputadas del general muertito de todas las muertes, convencen a los osos de un zoológico privado de Luján, (¿y
la Virgen dónde estaba?), de las delicias de los bracitos suaves de
los niños encaprichados como primer plato del almuerzo. Brazos
inocentes pero sabrosos, de jóvenes desobedientes (estúpidos e
imberbes), devorados por osos amaestrados pero no tanto.

Perro fiel

El leal mastín impide que se acerquen médicos y parientes para sanar las heridas de su amo luego del terrible accidente. Había recibido la orden de protegerlo hasta el fin y la cumple sin fisuras. No se da cuenta de que lo está dejando morir.

Estaba bien amaestrado el perro, era subordinado y valeroso hasta los límites de la estupidez. Hubo que matarlo de un certero disparo en la cabeza para salvar la vida de su adiestrador. Su obediencia inútil y esa peligrosa obsecuencia lo condenaron al fusilamiento. Pero ya era tarde, el tiempo perdido había sido decisivo, el eficaz entrenador nunca más podrá caminar.

Desde su silla de ruedas, medita sobre las consecuencias de una educación violenta, y de una disciplina rígida, que premia con huesos y caramelos de cuero los gestos de sumisión irracional, el acatamiento ciego de las órdenes, la docilidad, la observancia de las leyes y el respeto por las buenas costumbres. Piensa en las recompensas brindadas por bajar la cabeza, en los galardones otorgados por ceder, en los laureles compartidos por el simple hecho de conformarse. Reflexiona sobre el perro que inventó, sobre la vida que creó, sobre las consignas que ya no pueden cumplir sus piernas.

Perros azules

El sol azota la superficie encrespada del arroyo entrerriano, caldea los espejos de las pequeñas olas provocadas por la brisa, y eleva vapor hacia las lomas. Esa humedad es agua conversa al límite de la traición.

Las orillas recalentadas irradian dibujitos animados en la siesta, son perros azules que sacuden sus formas flotantes entre las copas lacias de los sauces y danzan con el humo delgado de los trenes.

Bajo las ramas dormitan los que ladran, imitaciones efímeras en un mundo virtual.

En esa playa artificial que inventaron para los turistas, sobre una reposera de lona, dormita un viejo. Parece Dirk Bogarde en *Muerte en Venecia.* Transpira y se destiñe. Desea, confunde y chorrea gotitas de tintura negra sobre la arena importada. Las cajas vacías de vino tinto lo rodean, formando un círculo perfecto y multicolor. Con el toscanito maloliente entre los labios y la prótesis dental en la mano izquierda, explota de presión.

Llovizna en la tarde. Nadie lo descubrirá hasta el día siguiente. El vapor sigue amaestrando perros azules sobre el arroyo. Bajo las ramas dormitan los que ladran.

El loro victoriano
y el gran dogo argentino

–¡Mayordomo asesino! ¡Mayordomo asesino!.
Tarareaba el loro victoriano.
– Mayordomos como antes no hay, ni perfectos muertos.
Cavilaba el loro victoriano.

– ¡Mayordomo asesino! ¡Mayordomo asesino!
Canturreaba el loro victoriano.
–Asesinables como antes no hay ni sospechosos.
Masculló el gran dogo argentino.

– ¡Mayordomo asesino!
Fueron las últimas palabras del loro victoriano.
– ¡Rico el lorito!
Musitó el gran dogo argentino con la boca verde.

Así es la vida

Se puso mala la perra y no nos reconoce. Nos ataca con una seguridad salvaje. Derramada para comernos las manos, con espuma entre dientes, no por mala ni por feroz, convirtió en amnesia su amor.

– Así es la vida, hijas.

Les dije, para que no lloren, mientras mataba a la perrita con furibundos golpes de fierro en la cabeza.

Les expliqué después la historia del corazón explotado del abuelo, y la cruel fábula del hermanito llamado aborto. Recordé al canario asesinado por los mosquitos en el verano de la gran tormenta. Rendí mi homenaje a los peces que en otoño aparecen panza arriba en la pecera, con olor a zanja y sin razones. Evoqué a la tortuga Manuelita, aplastada por los pasos de una tía gorda en la Navidad del apagón.

Les hablé de la muerte como pude. Es difícil hablar de la muerte con los hijos.

– ¿Así es la vida papá?.

Preguntaron inquietas las niñas.

– ¡Sí! ¡Sí! ¡Sí! Así es esta vida de mierda...

Les respondo a los gritos ensayando el gesto de la cachetada. Me pongo malo, no las reconozco y las ataco con espuma entre dientes.

Ellas ya saben qué hacer. Aprendieron la lección. Es cuestión de tiempo.

Chihuahua

Amaban a Kevin, un chihuahua enano que ocupaba la palma de una mano, tanto como al tío Héctor, un gordo de circo que pesaba 356 kilos. El tío Héctor también amaba a Kevin, él lo había traído a casa.

La fiesta fue maravillosa, los quince años de la princesita se debían celebrar así, con todo el lujo y la alegría posibles.

La familia y los amigos bailaron hasta el amanecer, y el tío Héctor, sentado en un mullido sillón, hizo palmas y cantó a la altura de las circunstancias felices.

Pero Kevin no aparecía.

– Debe estar escondido. Se habrá asustado por tanto ruido. Ya va a volver.

Afirmó el gordo desde su trono.

A las cinco de la mañana pasaba el rastrojero del vecino para llevar al tío Héctor a su casa. Cuando se levantó, la princesita se acercó a saludarlo y un grito de horror atravesó el salón de fiestas. Kevin, el perro minúsculo, estaba ahogado y aplastado bajo las nalgas del gordo. Impresionado por semejante monstruosidad, el tío Héctor sufrió un infarto y cayó sobre la silla de ruedas de la abuela Jacinta.

Hubo triple velorio al día siguiente.

Ternerita

De ternera cándida llegó Aurora a nuestra casa una mañana de verano. Entró cómoda y oronda por la puerta angosta del patio, al compás del tintineo de su cencerro de bronce, luciendo un exagerado moño rojo en el cuello. Nos hizo reír mientras comía los malvones que más amábamos, algunas rosas y un gomero.

Nosotros envejecimos y ella se agigantó. Destrozó las plantas del cantero, y devoró jazmines, geranios, lazos de amor, nomeolvides y margaritas de las macetas, peló las ramas más bajas del limonero, y arrasó las hierbas aromáticas de la abuela. Ya no huele la casa a albahaca, ni a menta, ni a lavanda, ni a ruda macho, ahora domina la fragancia de la bosta de Aurora.

Por la tierra yerma, los muebles destrozados y las pestilencias varias, ya no causa gracia ni provoca ternura, no suscita afectos ni promueve piedad. Se ha convertido en una tremenda vaca, imposible de expulsar de nuestra vida, porque ahora no pasa por las aberturas. ¿Derrumbamos una pared o la comemos?. Ésa es la cuestión.

Hay bichos que se meten en el alma y crecen. Por agujeros fugarán sólo de muerte.

Diluvio

Siguen las avenidas anegadas, y las calles abrumadas por diluvios. Las cloacas revelan hedores pestilentes, tufos cadavéricos, dominios de la cochambre y la catinga.

Se inundan los albañales y las alcantarillas revientan. Los sumideros, los imbornales y los pozos ciegos son insuficientes.

Son más de cien años con sarna en las esquinas, moho en los muros y herrumbre en los metales, con el ronroneo de la corriente enmugrada como única música posible.

Desde los cementerios parten los cuerpos como cisnes. Navegan los caminos sin destino ni nombre y flotan como camalotes.

Buenos Aires no coagula.

Ropero

Envejeció junto a la guitarra que todavía estaba guardada, sobre los cuerpos de los compañeros muertos, encerrado en la oscuridad de un ropero, en Villa Crespo, a dos cuadras de la cancha de Atlanta.

Se había alimentado con arañas, cucarachas y polillas durante siete años, y había bebido la humedad que almacenaban los trajes que nadie usaba.

Creía que la lucha estaba viva afuera.

Como Shoichi Yokoi, ese sargento japonés que ignoraba el final de la Segunda Guerra Mundial y sobrevivió veintiocho años en la selva de la Isla de Guam. Cumplió la promesa de no entregarse al enemigo y enterró a sus últimos camaradas.

Aunque llegó a escuchar alguna noticia sobre la rendición, siempre supo que se trataba de propaganda yanqui, y sintió vergüenza por no haber cumplido su misión.

Cuando lo rescataron, no podía creer los colores que tenía Buenos Aires.

Estaba desarmado, era la imagen de la derrota, escurría entre manos garúa de Cadícamo, y llevaba como única identificación una pierna húmeda de mujer dispuesta a abandonarlo cada quince minutos.

Tribu

Existe en el Río de la Plata un pequeño islote, situado a pocos kilómetros de la legendaria isla Martín García, al que solo se puede llegar en año bisiesto, en noche de luna llena y con la corriente a favor.

Vive allí una tribu cruel que festeja el arribo de los visitantes con largas noches de brujas.

"Tres trágicos trajes tragan trigo triste." (Repiten el día anterior con caracoles en la boca).

Durante la vigilia raptan a los niños engripados, cosen la boca de los sospechosos y encementan a los insomnes.

A la mañana siguiente nadie pregunta por los ausentes.

Hombre Galleta

El Hombre Galleta comía piel de vainilla con pasta de saca-muelas. Vivía filoso de grumos contra las voces, pero deshecho de humedades era su cuerpo sobre las leches.

Flotaba quebrado en migas dentro de las tazas del hambre, y sus lagrimitas eran los cristales donde la luz sumergía sus espejos.

— Esto no va más.

Dijo el Hombre Galleta en una noche fría de invierno, antes de la función especial de los sábados.

— ¡Adiós!.

Gritó el Hombre Galleta a su legión de fanáticos y se confundieron sus pedazos con el sabor suicida del último café.

El Circo de los Tangueros Solitarios cerró por dos semanas para rendir homenaje a una de sus más renombradas estrellas, pero a rey muerto rey puesto, este Domingo reabre sus puertas con el show del Hombre Cigarro.

Sopa

En el pueblo más caliente de la Argentina, un lugar sin nombre ubicado en el norte del Chaco, se alcanzan a la sombra, temperaturas cercanas a los cincuenta grados.

Allí, sorpresivamente, el 21 de septiembre de 1934 nevó, provocando la locura y el suicidio en masa de los habitantes.

Todos los años se conmemora con ollas populares de sopa hirviendo en cada esquina, aquella inesperada y trágica llegada del frío. La Fiesta Nacional de la Sopa reúne a miles de visitantes de todo el país y ya fue declarada de interés cultural por la Secretaría de Turismo del Chaco.

Al caer la tarde, un viento de solos sopla en las caries del amor y cada cucharada de caldo es un adiós que estremece en convulsiones de ausencia.

Bajo el sol abrasador de la primavera todos se abrigan exageradamente.

Morir por la boca

En las paredes de Buenos Aires se puede leer la siguiente pintada: "El mejor policía es el policía muerto", firmada por ERP.

Algunos conjeturaron sobre el regreso del Ejército Revolucionario del Pueblo, otros hablaban del Escuadrón de la Renovación Peronista, pero nadie descubrió todavía la verdadera génesis de este proceso que está exterminando a los uniformados de la ciudad.

Sin policías ya no hay violencia.

Los índices de hechos delictivos se redujeron en un 80%. Ya no existen los secuestros, ni los fusilamientos en las esquinas, ni los suicidios en las comisarías, ni los enfrentamientos "con un saldo de 20 delincuentes abatidos y ningún policía herido". En las canchas de fútbol no hay batallas entre las barras bravas, en los recitales de rock no hay detenidos por consumo de drogas, y en las manifestaciones políticas no hay asesinados.

La población fue encontrando las ventajas de vivir sin tipos disfrazados que abusan del poder de sus armas.

Luego de la misteriosa muerte de miles de policías y militares, las fuerzas del orden fueron perdiendo personal, por renuncias, ataques de pánico o extrañas dolencias que los obligaban a abandonar el trabajo, y quedaron reducidas a su mínima expresión.

"El mejor policía es el policía muerto. ERP", dicen las pintadas sin aclarar las siglas.

Pero no es el Ejército Revolucionario del Pueblo, ni el Escuadrón de Renovación Peronista, son los Envenenadores Republicanos de Pizzas, que han logrado un histórico triunfo sobre el sistema.

El milico por la boca muere. No hay uniformado que resista la tentación de una grande de muzzarella gratis.

Sahumada

Construyeron el rancho en la orilla, como lo habían hecho sus padres y sus abuelos. "El agua te da y te quita, pero nunca te traiciona. Siempre te deja comer.", decían los viejos.

La cruz de sal en la puerta no alejó la tormenta. Llovió como nunca antes había llovido en la isla. En pocas horas el agua del arroyo subió hasta tapar los techos. La inundación fue terrible.
La corriente los arrastró sin piedad aquella noche, perdieron todo. Del susto se les escaparon desde los animales hasta las almas.

Regresaron cuando pasó el temporal. Una vieja juntó tierra en las cuatro esquinas, y la derramó en un braserito con pala-pala y pluma de cuervo para la sahumada.
Pero el ritual fue inútil. No alcanzaron los credos ni los padrenuestros ni el humo verdoso sobre el último reflejo del día, para salvarlos. Siguieron dos semanas más con mal de espanto, desalmados, hasta que pudieron encontrar los cuerpos de los desaparecidos. Enterraron al viejo y al chiquito en el centro mismo de la isla, bajo el eucalipto, y volvieron a construir el rancho en la orilla.
El agua da y quita pero nunca traiciona.

Siameses

Los hermanos Landucci nacieron en Rosario unidos por el pene. "Puente de carne sin salida", dijo un poeta.

Los siameses rosarinos, uno leproso y otro canalla, coincidían en la necesidad de ser mujer. Tocaban la carne en común pensándola ajena y se soñaban penetrados.

Menstruaban baba por la boca y pintaban sus ojos con violentos tonos lila.

A veces amanecían machos y empujaban hacia el otro creyéndose el comienzo.

Llegaron a viejos sin tetas ni sangre. Ya no importaba la confusión.

A los ochenta y tres años, los siameses Landucci fueron hinchándose por el vientre y reventaron. Parieron siamesas unidas por el himen.

Enano

"¡Pasen y vean! ¡Pasen y vean!"

Con festejo erótico de gallo, cresta al cielo, pechito sempiterno, el enano de circo asombraba con promesas de amor y buen aliento.

Muslos entregados por enlabiadas aves de corral, gallinas embaucadas pero dichosas, penetradas por el gnomo formoseño, besadas en el cogote hasta el orgasmo.

"¡Pasen y vean! ¡Pasen y vean!"

En la arena central, con reflectores, a pedido de la concurrencia, laxas gallinas relajadas, quebradas, son desplumadas por dientes, chupadas de sangre por la yugular, devoradas vivitas (y coleando) por el enano.

"¡Pasen y vean! ¡Pasen y vean!"

Al finalizar la función, el enano les regala a los niños los huesitos para la suerte.

Masticados

Fue a pescar a la costanera del Río de la Plata, frente al aeropuerto, de madrugada, y jamás supieron de él.

Hallaron su caña flotando en la orilla.

Fue al chiquero, en una granja educativa, en Brandsen, para alimentar a los chanchos, y no regresó nunca.

Encontraron su sombrero colgado de un alambre.

Fue al Zoológico de la Ciudad de Buenos Aires, un domingo, y desapareció frente a la jaula de los tigres albinos.

Sus hijos guardaron sus botas de lluvia como recuerdo de aquel día.

Es infinita la lista de masticados. Casi tan larga como la de monstruos.

Cinturón de castidad

En un inaccesible lugar de la selva misionera, cerca de las Cataratas del Iguazú, existe una tribu matriarcal que tiene curiosas costumbres.

Las mujeres colocan cinturones de castidad a sus hombres.
Un sofisticado sistema mecánico acciona una pequeña guillotina que castra al instante al culpable de la más mínima erección.

Estas hembras han conseguido una casta de eunucos por deseo, y una multitud de impotentes por terror.

Hormigas en la cocina

Tras los restos del azúcar sobre el mármol, atentas a lo que cae, o se escapa, vigilantes frente a las cosas que sobran, dibujan sus mapas sobre las baldosas.

Hormigas de la cocina, traicioneras y patéticas, atacan por sorpresa, devoran migas de galletas, o cáscaras de frutas abandonadas en la mesa.

Se zambullen en las gotas de licor que dejan en el fondo de las copitas las abuelas a la hora de la siesta, y se regodean cuando regurgitan los niños en rincones que nadie limpia.

No son previsoras, como sus hermanas, las que no tienen piedad frente a las rosas, o las que llevan las hojas y las ramas de las amadas plantas al hormiguero, y regañan por horas a la cigarra.

Ellas arman su destino en la cocina, y admiran al que templa la guitarra. Lo rodean tristes pero feroces, vigilan los átomos flojos, llevan la cuenta de lo que sobra y devoran lo que se escapa.

Malas costumbres

Uno sobre otro, corazones de moscas muertas, de garrapatas, de suicidio. Un latido negro en platos vacíos. Diástole de mesa. Tinto abocado.

Un morir de sólo sale con fritas y silencio.

Uno sobre otro, pulmones de malvón, de tortuga Manuelita, de canario. Humo viejo de incinerador. Basura libre que volverá a las andadas. Malas costumbres. En la misma piedra dos veces de tumba.

Cenar solo en este bodegón de Villa Ortúzar es lo más parecido al infarto.

Bacteria

La Trichomympha es una bacteria que vive en el intestino de las cucarachas y provoca dolencias en los niños. Es la culpable de algunas diarreas sanguinolentas y algunos ataques imparables de vómitos.

Este desagradable y curioso bicho, pasa la parte más brillante de su vida como hembra.

Cuando se deteriora su capacidad de placer, se apaga su posibilidad de engendrar, y ya no contagia enfermedades, entonces, se convierte en un triste macho tanguero, oscuro, inofensivo y solitario.

El hombre más inteligente del mundo

Respondió con eficiencia al Test de Weschler, y ganó el premio Eveready al hombre más inteligente del mundo, Jack, el destripador.

Al año siguiente le dieron cadena perpetua por comerle la lengua a un bebe.

Fue indultado en Buenos Aires en la Navidad de 1990.

Esa semana apareció en la portada de la revista Gente con los personajes del año.

Ahora Jack vive entre nosotros, conduce un programa infantil en Canal Nueve y fue nombrado maestro jardinero titular en una escuela de Lomas de Zamora.

En el discurso del 11 de septiembre, elogió a Sarmiento, y juró comer solo una lengua al mes, de un niño que no hiciera caso. Aplaudieron las madres ante tal promesa.

– Hace falta mano dura.

Aseveró la presidenta de la cooperadora.

– Algo habrán hecho.

Musitó la señorita directora.

La Coca

Hubo amor sedicioso en la última fila. Cráneo insurrecto huyendo de la piara. Peces subversivos escapando de la pecera. ¡La mala leche con sangre entra!.

Un latido sublevado de soledad cae del corazón. El jopo rebelde no mantiene su erección.

Lunes. Diez de la mañana. Con Jalea Preal traza el peinado que la lluvia convierte en un nido de cóndores. Lleva la cabeza sucia de estar sólo. Lo echaron del trabajo. Ella no vendrá a la cita. No queda otra salida que el suicidio masturbatorio en un cine de la calle Nueva York, bajo las tetas luminosas de la Coca Sarli.

Con un trueno entre las hojas es fiebre, carne y fuego. Su segunda casa es la tercera fila del Cine Devoto y la Coca es la madre que será, con el invierno a mano pelada, enamorado de abandono, a pecho limpio.

Una mañana de otoño

"¡Envía tu rayo hasta la muerte!".

Pirograbó él sobre el pubis de ella al depilarla con Gillette azul. Nacieron mellizos.

Él los abandonó a los tres una noche de verano.

"¡Abreq ad hábra!".

Escribió ella con lápiz labial en un pañuelo doblado por él una noche de primavera.

Él volvió a los tres años y talló entre las piernas de ella: "¡Abracadabra!". Nacieron trillizos.

Ella los abandonó a los seis una mañana de otoño.

Que matan amores

– Que matan amores.
 Pensó frente al espejo.

– Hay amores que matan.
Dijo en voz alta.
Y se peinó la barba.
Y se pintó los ojos.

– ¡Hay amores que matan amores!
Gritó frente al espejo.
Y puso una bala de plata en el tambor.

Por gracia concebida

Él nunca dijo:
"Te quiero, te amo, te necesito."
Ella nunca fue una santa y dejó de morir.

Entonces él dijo:
"Nunca dije te quiero, te amo, te necesito, porque nunca fuiste una santa y no dejás de morir, y jamás pude quererte ni amarte ni necesitarte".

Ella (por gracia concebida) aprendió la muerte.

Canarios

Las noches enferman a los pájaros. Aparecen al alba sobre el piso de la jaula con los ojos metálicos. Tiesos de madrugada, no se les nota la muerte, parecen embalsamados.

Mis hijas enterraron a la canaria debajo del geranio. Las vi cavar en la tierra de la maceta, con palas de juguete un pozo tan hondo como el largo de sus bracitos.

En una caja de té colocaron al cuerpo amarillo y lo bajaron por las honduras del olvido.

La distancia entre el mundo y la eternidad es el recorrido del brazo de una niña.

Gallinas

Memoria de más traen las manos. ¿Pericia sobre la piel ajena o ganas de apretar un cogote?. Esa es la cuestión. Demasiada información procesaron los brazos, y ya no distinguen la zalamería del asesinato.

Porque la abuela sabía morirlas de un solo tirón, en el galpón del fondo, luego de acariciarlas.

Sin degollarlas todavía, las colgaba boca abajo en la canilla del patio. "Para que la sangre se les junte en la cabeza", explicaba, mientras pasaba cariñosamente sus manos sobre mi cara, como antes lo había hecho con las gallinas.

La familia celebraba los Domingos con almuerzos pantagruélicos. "Pucherito de gallina, con viejo vino Carlón...", cantaban los tíos a coro y en pedo.

Los mejores juguetes en las siestas, fueron esas patas de gallina con olor a crematorio. Buenos títeres para tirar del tendón y hacer bailar los dedos, para abrir y cerrar como una garra de Freddy Krueger y amenazar a las primas.

Tengo memoria de más en las manos. No sé distinguir zalamería de asesinato. Pero tengo la seguridad de que después de las caricias viene el tirón en el cogote, y la soga que ata los pies, y el cuerpo suspendido boca abajo (para que la sangre se junte en la cabeza).

El amor es así, una siesta sangrienta, jugando con las bellas piernas de una muchacha muerta, buscando el tendón.

Inmortalidad

Los padres de Victorio tenían una empresa de sepelios. Me gustaba quedarme a dormir en su casa, construida sobre las salas de velatorio. Jugábamos dentro de los ataúdes como si fueran naves espaciales o autos de carrera, nos disfrazábamos con las mortajas, y usábamos los candelabros de pie como postes de arco.

Por las noches bajábamos a reírnos de las caras de los muertos. Tomábamos una copita de anís y comíamos unos alfajorcitos de maicena que formaban parte del servicio fúnebre ofrecido.

A la mañana siguiente, cuando ya habían retirado al "fiambre" (así los llamaban en la casa de Victorio), ayudábamos a su hermana mayor a desarmar las coronas y rescatar las flores que todavía se podían vender. Siempre regresaba a casa con un ramo de claveles blancos para mamá, ganado con mi esfuerzo. A ella no le gustaban mucho, los ponía en un jarro de lata y los abandonaba en el patio, para no despreciar, pero le causaban asco, porque conocía su procedencia. Yo sentía un placer morboso en repetir el acto, y ver como se persignaba para espantar el alma en pena de algún muerto desconocido. Luego me mandaba a bañar, para limpiarme la piel de "las malos espíritus de ese lugar", como ella decía.

Me cuidaba la vieja, pero no me prohibía ir a jugar a la Casa de Sepelios del tano, a pesar de la aversión que sentía por ese local, ubicado frente a nuestra casa.

– Ellos viven más de cien años, mirá al bisabuelo de Vitorio, qué bien que está. Yo nunca vi enterrar a ninguno de la familia.

Repetía, creyendo que los funebreros habían firmado un pacto con la parca, o que de tanto tratar con ella habían conseguido algunos beneficios a la hora de irse. Intuía mamá que si me hacía amigo, llegaría a gozar de las mismas ventajas.

Con el tano hicimos la secundaria juntos, fuimos a Ezeiza a buscar al General con el Centro de Estudiantes y compartimos algunas materias en la Facultad de Medicina.

Con el paso de los años descubrí que la vieja tenía razón en ese asunto del pacto con la muerte, porque nunca tuve un velorio como aquellos, ni fui enterrado, ni recibí una flor. Ando sin tumba, dando vueltas con los compañeros, en este lugar de inmortalidad, desaparecido desde el 20 de septiembre de 1977, mientras ella gira alrededor de la pirámide de la Plaza de Mayo.

Estampas

Caníbal

La Dra. Ramona Busi Sosa, insigne cirujana tucumana, tataranieta de próceres provinciales y actual gobernadora del Territorio Nacional del Noroeste Argentino, es la presidenta de la Asociación de Caníbales del Jardín de la República para América Latina.

Esta institución sin fines de lucro reúne practicantes del canibalismo de Chile, Bolivia, Perú, Ecuador, Venezuela, Colombia, Uruguay, Brasil y Argentina, y ha logrado paliar el hambre en la región.

La legislación actual del Territorio Nacional del Noroeste Argentino permite la venta de un órgano o un miembro propio, siempre y cuando el vendedor (mayor de dieciocho años) pueda seguir vivo sin él. Se paga muy bien por los testículos y los penes jóvenes (de vendedor menor de veinticinco), y por los muslos y los glúteos de mujeres menores de treinta años. Peregrinos de distintos puntos de América llegan para ofrecer sus trozos de cuerpo y logran una buena suma de dinero. Cada grupo familiar tiene sus mártires, elegidos a veces al azar, a veces compulsivamente, para someterlos a la operación. Aseguran que no causa dolor y que no pone en peligro la vida del vendedor. El pago es por adelantado, luego de una revisación de la Junta de Aceptación.

En algunas ocasiones el vendedor ofrece un órgano, un riñón por ejemplo, pero la Junta decide no comprarlo por exceso de cálculos y mal funcionamiento, y sugiere otra víscera como parte de la negociación.

Existen carnicerías de carne humana, habilitadas y regenteadas por el Estado territorial, que venden el producto de las cirugías rentadas y también la mercadería entregada por la morgue.

Se ha creado en la zona una corriente constante de turismo internacional de alto nivel. Antropófagos de todo el mundo visitan la ciudad y disfrutan de las delicias de la gastronomía caníbal, la única auténticamente argentina.

Hoteles cinco estrellas y restaurantes de lujo han iniciado nuevas cadenas comerciales. Las inversiones extranjeras llegan a nuestro país, por fin, y aquellas antiguas imágenes de niños muriendo de hambre, ya forman parte del pasado.

Mago

El mago era especialista en actos de escapismo. Se encerraba en una habitación, y se hacía atar a una silla con sogas y cadenas. Cuando estaba totalmente inmovilizado, pedía que le pongan un cigarrillo apagado en la boca. Luego de treinta segundos, al abrir la puerta, se mostraba con un saco puesto que antes no tenía y con el cigarrillo encendido, manteniéndose atado de la misma manera.

En un hotel de Monte Grande, en la Convención Mundial de Magos, quiso sorprender con un acto final.

Lo encontró una mucama, al día siguiente, colgado del techo, ahorcado por las mismas sogas y esposado con las mismas cadenas que utilizaba en sus actos.

Nadie supo nunca si fue suicidio, crimen o exceso de confianza, o las tres cosas a la vez.

Todos los años, en la misma fecha, durante la Convención Mundial, un mago aparece colgado en la misma habitación del mismo hotel y es descubierto por la misma mucama.

Confusión

La orden misteriosa fue impartida para las guarderías de los hospitales públicos de la Ciudad de Buenos Aires, entre junio de 1976 y julio de 1979. En una reunión secreta, entre oficiales jóvenes de la marina y un grupo de médicos de la intendencia porteña, se decidió cambiar la identidad de los recién nacidos. No era complicado, y aseguraba en una futura confusión colectiva, impunidad para los ladrones de hijos de desaparecidos.

Niños distintos para madres desprevenidas. Cunas cambiadas de lugar. Documentos mal anotados. Nombres equivocados.

El operativo C. N. (Cuna Nueva), solamente se realizó sobre varones nacidos sin cesárea, que se retiraron del nosocomio a los tres días de la internación de la madre.

Cerca del 30% de los nacidos en Buenos Aires en esos años no son hijos de los que creen que son sus padres. La psicosis popular ha provocado una avalancha de análisis de A.D.N., imposible de satisfacer, que vuelve cada día más difícil la tarea de las Abuelas de Plaza de Mayo.

Corazón

Desde los inodoros de la Casa Rosada brota un profundo hedor que cala las narices de los porteños.

Un viejo cloaquista de Junín ha descubierto, en el desagüe principal que da al Río de la Plata, al corazón delator de Perón obstruyendo el paso de la mierda hacia la inmortalidad.

Late inútilmente el cuore acusador, nadie lo puede oír, su ritmo es devorado por el ensordecedor compás de los bombos.

Séptimo hijo
de séptimo hijo

Séptimo hijo de séptimo hijo, nacido completo de dientes, devoró ambas tetas maternas en víspera de eclipse. Sumergido en jugo de ajo creció bajo desconfianza.

Suicidado puber confirmó maleficios.

Clavaron un palo de escoba en su corazón y lo decapitaron. Quedó pudriendo su cabecita entre las raíces de un gomero.

El cuerpo fue cremado por panaderos de la confitería El Molino, y es ese el gustito especial de los panes de Navidad en Buenos Aires, y la razón del vampirismo generalizado en esta ciudad sin memoria.

Rosa rosa

La rosa más pesada de la historia fue cultivada en Villa María, Córdoba. Acusó en la balanza dos toneladas. Era una pequeña rococó carnívora de espeso color rojo, que adoptó un inusual peso específico al ser regada diariamente con sangre menstrual de virgen y lágrimas de macho abandonado.

Papá Noél

A las 18.15 hs. del día 23 de Diciembre fueron asesinados a puñaladas 267 tipos disfrazados de Papá Noél en las grandes tiendas de todo el país.

El misterio todavía no fue aclarado, pero desde ese día ya nadie cuenta la estúpida historia del gordo invernal bajando por las chimeneas con regalitos para los ricos.

Campana

Para celebrar los quinientos años de la ciudad de Campana, fue construida, a orillas del río Paraná, la campana más grande jamás conocida.

Llevaba en el alma un silencio de plata de un kilómetro y medio de diámetro, con un badajo pequeño (pero cumplidor) que la hacía callar de gozo todas las navidades.

Carnicero

Enamorado de los ojos de la sobrina de un carnicero de Saavedra, desangró caderas, amputó pechos y dividió colitas de cuadril.

Luego de un año de cuchillas afiladas y sesos de vaca, ella lo dejó por un aviador, y él se hizo vegetariano en un celda de Villa Devoto.

Juana de Arco

¡Y pensar que ella nunca vio televisión!.

La Juana se fue sin besos en el cuello y sin carnaval. Se consumió como un cigarro la del Arco.

¡Apunten!. Encendieron con una antorcha la cabellera de Juanita la arquera y adiós: se la comió la eternidad de la parrilla.

– El que juega con fuego será molleja de Dios.

Dijo un cura mientras abandonaba los hábitos, para fundar frente al Río de la Plata una cadena de choripanerías ambulantes, que sería años más tarde inmortalizada como *Los Carritos de la Costanera*.

Leyenda

La leyenda de la mujer de la vagina dentada y el hombre del semen ácido, circulaba
entre los habitantes del pueblito pampeano,
difundida por el Padre Enzo.

Al principio provocó el efecto buscado:
frenar el desenfreno sexual de las siestas.
Hasta que el cura apareció muerto, castrado
por una extraña mordida, desangrado por una
hemorragia anal y con quemaduras profundas
en los glúteos.

Desde ese día se afirma en el pueblo que
la mujer de la vagina dentada y el hombre del
semen ácido solo atacan a religiosos pedófi-
los, y que ahora están recorriendo otros lugares de la Argentina haciendo justicia.

No hubo más curas en el pueblo. La capi-
lla fue comprada por una cadena de hoteles
internacionales.

Rubias de New York

Peggy, Betty, Julie y Mary apretujan al mudo con ambición, mientras piensan en la deuda externa argentina.

El bronce masculla una puteada y las abraza con displicencia. Abre su bata plateada cruzada por la bandera nacional y descubre su increíble vello púbico engominado. La platea enloquece:

— ¡Vamos Carlitos con ese pedazo!

— Hay un país detrás suyo...

— ¡Métale sin piedad a esas atorrantas del norte!

— ¡Vamos bestia! ¡Hágale la penetración cultural!

El Beso Cantor (me refiero al Kiss Singer) y el Roque (me refiero al Feller) miran sin entender. Silencio en la noche.

El mudo no pudo.

— Es la primera vez que me pasa...

Se excusó balbuceando.

Peggy, Betty, Julie y Mary rieron con crueldad.

Todo fin es homicidio

– No somos inmortales.

Decía el nigromante mientras nos acortaba la vida.

– Todo adiós es envenenamiento y tiene un culpable.

Aseguraba.

– No hay difuntos naturales ni castos finados.

Confirmaba.

– Todo fin es homicidio, y todo homicidio es magia del enemigo.

Provocaba, mientras le mojaba la oreja a la muerte.

Construcción

Las sogas que sostenían el andamio no aguantaron el peso de sus miserias. Los muros del lujoso edificio quedaron a medio pintar. Soportó el asfalto el golpe de los cuerpos reventados, que dibujaron en sangre tres globos rojos. En ellos se entintaron las ruedas de los autos y llevaron por la ciudad las fotos en sepia de todos los obreros del mundo, sacrificados en nombre de los colores elegantes de los barrios perfumados.

El que regresa

La rutina de una voz sobre la luz presagia la rancia calma de lo que muere. Huye el día desde pocillos y copitas contra la arruga luminosa de la madrugada. Se han escrito frases olvidables sobre servilletas sucias y un viejo silba tangos para disimular. En la misma barra, las putas entregan billetes a un fulano y los obreros desayunan. El que regresa está callado y filma.

Pájaro en mano

— Más vale pájaro embalsamado en mano, que mil moribundas emplumadas volando.
Explicaba el taxidermista a un cliente, mientras arrancaba los huesitos de la suerte de la paloma, y pretendía leer el futuro desde sus vísceras podridas

---

Buitres que sobrevuelan sobre un caballo atropellado por un tren

Comen la carne del crimen ajeno. Ellos son pájaros siempre inocentes. Vuelan sobre el placer de los que matan y ayudan a mentir a los que mienten.

Niñas que observan una pecera

Un caño sopla burbujas sobre las piedras. Los más fuertes persiguen a los que envejecen entre los turbios cristales de la pecera, y les comen el dorso hasta que entumecen.

Gatos en la basura

Rancia grasa de pollo. Huesitos de finado.
Pañales descartables. Tampón ensangrentado.
Hurgan, chupan, desean, los gatos en la basura. Buscan los documentos de cada una de
sus siete vidas. Leen los manifiestos de todas
las religiones, y dudan de las buenas inten-
ciones de los dioses. Remueven los desperdicios de las fiestas ajenas, y saben que a pesar
de las razones del olvido, serán inmortales.
Confirman los gatos en la basura, que los indicios de todo lo que sobra son los argumen-
tos de todo lo que crece.

Seda natural

Devora los contornos de la morera y repta
firme el gusano sobre el mundo. Será mariposa, cuenta la leyenda, capullo será, y seda sobre un muslo, o colores decorando las cajas
funerarias de los museos. Mientras, unos niños
crueles, con ramas peladas, cazan lo que vuela
contra los muros de la cárcel de Devoto.

Mujeres

Las voluptuosas negras de Ghana ignoran la belleza de sus poros y pretenden blanquear su cuerpo con ungüentos repugnantes.

Las ondulantes rubias de Copenaghe desconocen la hermosura de sus muslos y procuran negruras postizas bajo un sol de hojalata.

Las flacas dulces de las oficinas sudan el alma para conseguir culos feroces, aunque uno las prefiera con caderas leves de mimbre.

Las gordas carnosas de los ferrocarriles padecen ayunos crueles y suplican por un espejo que les devuelva sus cueros pegados a la osamenta, aunque uno las elija por tensas y gloriosas como odres con vino tinto.

¿Para qué quieren tetas embozadas, glúteos simuladores o bocas desfiguradas? ¡que sean mares en el hueso y esponja en el corazón!, que se embeban de luz y se expriman sobre las miradas tristes.

Treinta y tres

Saltó los treinta y tres y no cantó la falta.
Como el tero del fondo con las alas cortadas
vociferó para nadie. Su mujer fue la más hermosa de las putas. Pagó sus deudas con sangre
negociada. Su única metafísica fue el gol de
Maradona a los ingleses (con la mano de su
padre). Su única verdad fue la realidad (Legui-
samo nunca ganó en La Plata). Perdió dientes a
trompadas y olvidó esperanzas en los colectivos (como paraguas de Taiwan). Derrochó palabras, agua y luz. Veló humo entre sus huesos.
Hoy se siente más hombre que una madre.

Religión

Los practicantes de un extraño credo originario de Oriente, adoraban la imagen de un hombre martirizado hasta la agonía. En las ceremonias rituales, los fieles comían el cuerpo y bebían la sangre de ese hombre, que creían hijo de un dios, para limpiar sus almas. Eran obligados a rezar de rodillas, con los ojos cerrados, frente a un instrumento de tortura, para no ser condenados a una eternidad de suplicios por sentir placer. Los sacerdotes saciaban su apetito sexual violando niños, o se flagelaban con espinas y pequeños látigos, para ocultar su deseo con dolor. Mientras las sagradas escrituras hablaban de un reino de los cielos para pobres y desamparados, sus templos terrenales mostraban una opulencia ostentosa. Era rara esa religión que siempre defendía los privilegios de los poderosos. Y aun más raros eran sus fieles, que disfrutaban del castigo divino y el escarmiento permanente.

El hijo de las barras bravas

Violada por ambas barras bravas gozó quinientas quince veces en un lapso de cuarenta y cinco minutos. (Fue durante el segundo tiempo del clásico)

De aquel idilio nació un niño multicolor al que reconocieron todos.

– Madre hay una sola.

Dijo el huérfano en el velorio.

Fue enterrada en una sencilla pero emotiva ceremonia, en el área chica del arco de los goles en contra.

Andarivel del ocho

Escapó el corazón por el andarivel del ocho, tiró un centro sonso y se quedó sólo contra la raya, con un orsay de amor, con dolor fuera de juego.

Sobre rieles

El pis colosal de los caballos del chatarrero explota contra el adoquinado. Huele a hojita de afeitar la siesta en febrero, y son colores aplastados de las mariposas contra los muros los signos de la caza en la tarde. Ramas peladas de paraíso como armas y un final de batalla que pronostica derrotas sobre el barrio. Como toreros a las cinco en punto, persignados frente a la virgen de la estación de Villa Pueyrredón, los pibes atorrantes, aburridos de jugar a la pelota, atan pajaritos en los rieles. Les gusta sentirse verdugos. Disfrutan del paso inevitable de los trenes, y observan el gesto de terror de las viejas salpicadas por la mínima sangre del bicho. Luego investigan las formas que dejó el cuerpo aplastado sobre el metal, y los últimos estertores de una cabeza cortada todavía tibia.

Wing mentiroso

Con el once en la espalda para mentir,
abandona la belleza, la orilla del corazón y el
desborde, y se va a luchar por la pelota en la
mitad del fracaso.

Mal de amor

¡Qué deliciosa es la amargura por el partido
perdido! Andar rengo del alma con domingos
bajo la lengua, labios en contra y manos fuera
de juego. ¡Qué maravillosa es la angustia fut-
bolera! Como astilla en el dedo o basurita en
el ojo, ensayo general de la tristeza para so-
portar la noche de estreno de las grandes penas. ¡Qué milagroso dolor es morir sobre la
hora, de contraataque, en una noche de lluvia!
Muertecita de plástico con entierro de cotillón,
experimento atroz del corazón para sobrevivir
al mal de amor.

Ubicación de lo imprevisto

Entre el tarro de yerba y el de azúcar. Entre la camiseta vieja y la mortaja. Entre Gelman y Scotta. Entre Santa Teresa y Tita Merello. Allí donde sobran las palabras porque nada fue dicho, donde el equilibrio es el contraste y el contraste es un espejo.

De visitante

Se agranda con la tribuna en contra, lejos de las canciones complacientes, en bulines coquetos o en estadios monstruosos. Anda sin cancha, sin pasión y sin hinchada.

Sobrevive de contraataque, salvado en la sorpresa y el asombro, es el que se atrinchera y mata por la espalda.

Mezcla rara

Jubilado del pique corto le pega hasta a la
vieja, es una mezcla rara entre el Marqués de
Sade y Edipo, un viejo centrojás con várices
que ya ni echan ni putean.

Lo respetan como se respeta a un muerto, y
lo consumen en cada carrera.

Como una sombra deambula por la mitad
de los espejos esperando un partido homenaje
que nunca llegará.

Con la de palo

Cae en el empeine suave y cruel como un
cuchillo, pero le pega mal (con la de palo).

Odian con cronómetro los mudos del circo,
y lo condenan a perder un gol sobre la hora
cada cinco minutos.

Orsay

Se adelantan en bloque y nos arrinconan en el ropero. Exiliados en el medio campo nos hacemos los distraídos. Escondemos la canción y esperamos el momento para sorprender con rabia. Como una espada oxidada nos clavamos en la espalda. Escapando de la trampa arriesgamos la sangre.

Lagunero

Trota la cancha con pajaritos en la cabeza. Piensa en un tango. Recita a Carriego. Pierde los ojos en belleza inservible: amor, sueños, muerte.

Entre puteadas y latitas de cerveza abandona el campo de juego, era un cambio inevitable a los indignos veinte minutos del primer tiempo. Se pierde en el túnel. Funda el olvido entre los labios pegajosos del Domingo.

Mamá

Abandona la cocina con olor a tuco, una película de superacción y una hermosa mujer en el octavo mes. Es Domingo, va a abrazarse con desconocidos, a sufrir por razones menores y pertenecer a lo inevitable.

Fue cero a cero. Llovió. Regresa en tren con el gorrito en el bolsillo y las zapatillas mojadas. Fuma el vigésimo de la tarde. Tiene frío.

¿Quién obliga a semejante renuncia? El pibe patea en la panza. Sabe que está condenado a la misma inmolación.

La pena máxima

La pena máxima es el penal, no el de Olmos, ni el de Caseros, ni el de Devoto, el de los doce pasos, el de la instancia dramática donde un tipo fusila a otro sin piedad.

La pena máxima es la prima hermana de la pena penita pena, de la penicilina, del penacho. ¡Qué pena! Tarde de Domingo con garúa. ¡Qué pena máxima! Agacho el lomo y, metido en la zona oscura del arco, desenredo la pelota-cuchillo que se clavó en el corazón de las mallas. Arranco del ángulo superior izquierdo a la pena. Porque ese arquero enano que ataja en mi sangre, fue incapaz de detener al pájaro borracho y me dejó el alma cargada con pepinos.

Si supiera

Si supiera jilguero de bandoneón o color de guitarra. Si conociera viento de trompeta o agridulce de violín. Si la música fuera una intención. Pero no. Apenas tiene palabras y las gasta como un afilador de cuchillos. Si supiera magia de piano o paciencia de contrabajo. Si conociera olor de oboe o cachetada de arpa. Si la música fuera voluntad. Pero no. Apenas silba cursilerías y desentona una canción de perfil.

Lápices

Por la influencia negativa de los astros o la humedad, por los peces enjaulados o el imperialismo, por el fin de mes o la llegada de los extraterrestres, por el envejecimiento prematuro de los hijos o la eternidad de los abuelos, el amor se agota y no alcanzan los arrumacos ni el pan ni la cebolla. Se consume el amor y no es suficiente la desnudez de apuro ni la muerte de un pariente, se gasta como los lápices que nos acompañan toda la vida.

La estrategia es saber sacarles punta a tiempo, no abusar de su madera y escribir lo necesario, verlos empequeñecer hasta que sea imposible tomarlos entre los dedos, y dejarlos descansar en un cajón, para que aparezcan fieles cuando una palabra reclame existencia.

Sietemesina

Está en una caja de cristal, con caños rojos y
cables, con luces crueles y música cibernética.
Por un ojo de buey cruzamos las miradas y
palpo su dorso flaco con caricias grandes. Prematura como el amanecer y el Mesías, desata el
amor antes de tiempo.

Celdas

Los poetas leen a los poetas. Los psicoanalistas psicoanalizan a los psicoanalistas. Van al
teatro los estudiantes de teatro. Los políticos
recitan para que los políticos opinen. Los músicos insisten con acrobacia para asombrar a
otros músicos. Los pintores admiran los cuadros de los amigos pintores. En celdas dividen
la vida para olvidarla. Inventan códigos y gestos enrevesados para desconocer a los hombres que los desconocen. Solo los asesinos
abren el juego y nos matan a cielo abierto con
entrada libre y gratuita.

Guillermo Tell

Condenados a la puntería infalible, andamos por la vida descargando flechas sobre las cabezas de nuestro hijos. Ellos confían en el pulso de sus padres y juegan imperturbables el juego de los días, comen asombrados el pan de la memoria, y marchan sobre el tiempo con manzanitas verdes enredadas en el alma.

Humedad

La mano húmeda del estrechador nervioso es lo que mata, las aguas viscosas entre dedos y el rocío del sólo de madrugada, la lluvia del triste y la lágrima viuda. Lo que mata es la humedad en esta ciudad que te mata de sed.

Amarillo

Pierden furia sobre la calle donde el otoño
devoró abrazos. Mientras los viejos recitan tangos, hay llantos en las cunas de mimbre y las
madres se encaman con sus vecinos.

Tanta palabra no deja dormir. Amarillo voy
como hígado de muerto, como trigo sucio bajo
la luna llena. Andan sueltos los asesinos. Las
hojas amarillas fornican en la vereda con las
hojitas de afeitar y se dan revolcones húmedos
de abril sobre el suicidio.

El que despide

Azufre en Sicilia o vino en Logroño. ¿Qué
barco es la tristeza del que deja? ¿Qué arena es
el caballo del éxodo? Desde guerras perdidas
vengo a perder mi batalla. Dejo en el camino
casas ajenas, vasos vacíos, armas sin víctimas,
signos que dibujan el regreso. Escondido en este
agujero de ratas veo como nos llevan de a uno,
ni huyo ni peleo, perduro. Soy el que despide.

Salvación

Ni el boleto capicúa nos salva, ni el espejo
que tritura pajaritos, ni la canción que canta
ese perro, ni Patoruzú ni Blancanieves ni los
enanos nos salvan, ni el mar que ahoga muchachas vírgenes, ni la sal en la cola de la rata.
Desesperado como fumador sin tabaco en el
insomnio. Estéril como canasta de mimbre con
trozos de hielo bajo el sol. No alcanza el tango
con su museo de sombras dulces, ni la erupción de soledad, ni la gripe con su enmocada
muerte, ni la torcaza entre los dientes del gato.
Ni el vino de los viejos nos salva, ni el pis de
los hijos, ni la anestesia ni la morfina ni la ginebra, ni el porro compartido en el velorio de
ella. ¿Qué quieren que cruce con este puente,
con estos zapatos de humedad, con este vidrio?
Rompo botellas contra mesas de bar, y ataco
parroquianos, mato monjitas por la yugular y
desgajo putas en el umbral, pero no alcanza la
furia ilegal, ni la locura de mi amigo encerrado,
ni la cordura resignada del bancario que fui, ni
la foto en la cárcel. No hay espanto que sor-
prenda ni atrocidad condenada. Ilusionados como desiertos tragamos latas con alegría, como
el hipopótamo en el zoológico. Pero no alcanza. No nos salva la mano de Gardel en las ingles de las rubias de New York, ni el gol de
Maradona con la mano de Dios, ni las manos
amputadas de Perón. Nada ni nadie nos salva.
Pero lo más terrible es no saber aún a qué cosa
estamos condenados. Esta alegre sensación de
andar en cadena perpetua. Esta cosquilla atroz
del que no sabe de qué cosa no se salva.

No has de beber

"Nunca digas de esta agua no he de beber", sentenciaron los abuelos, y en la sequía
del olvido nos obligaron a beber las aguas
que bajaron turbias.

Panes

Encalo voces y blanqueo súplicas, porque
las sombras rompen huesos y no es posible
tanta paciencia. El humilladero de la bienve-
nida tiene un peregrino arrodillado imploran-
do por un adiós. Pero ya no hay manos que
despidan ni abrazos que reciban. ¿Con qué
luz se leen los epitafios? Ilumino manos para
moler negruras y hago panes oscuros para re-
partir entre los muertos.

Médula

Herida por la espalda vino a este mundo con un hachazo hacia la médula y una válvula de olvido en la cabeza. Llegó dulce para chupar el dolor de los hombres y exagerar lo bueno de la vida.

San Pedro y San Pablo

Éramos las manos frotadas al calor de la fogata, con papas asadas contra las brasas y llamas sobre los muebles inútiles. Éramos los barrios de noches iluminadas, con lunas quemadas por niños pirómanos y brujas salvadas por poetas. Nos quedamos sin fuego en las esquinas, somos una tribu sin incendio y sin fe, comemos carne cruda y tiritamos de fracaso. Esperamos al rayo salvador que encienda, al grito mesiánico del trueno. Olvidamos como se frotan las piedras, y las arrojamos al viento, libres de todo pecado.

Jabón en la bañera

Silencios entre dientes como restos de comida. Emboscadas entre los dedos como humedad antigua. Voces en la mano como jabón en la bañera. Pero no hay caso (terca el alma): pego primero pero no pego dos veces. Las palabras me llenan los moretones de ojos.

Lanzallamas

Con bocados de alcohol inventó fuego feroz sobre la cabeza de la antorcha, un escupitajo viscoso para incendiar el aire que dejaron, una pirueta audaz para entretener al enemigo.

Trampera

El golpe seco de la trampera partió en dos mitades a una rata. Es la distancia entre la cabeza y la cola, la luz que la mata. Una estela de sangre dibuja su fuga final. En ese trecho ve su vida. Es la trampera de Dios que le guillotina el pecho.

Palomas con hombre abandonado

No hay amor más real que la mentira ni idioma más hondo que el desamparo. La furia de las palomas confunde pero no existe lenguaje más claro. No se conoce soledad más agreste que la de la Plaza de los dos Congresos, en la Ciudad de Buenos Aires, en el mes de enero, a las tres de la tarde. ¿Comen el maíz esas turras emplumadas o simplemente se entretienen con el último suspiro de ese hombre al borde del suicidio?

Jilguero que mira a los ojos
a un hombre
que lo mira a los ojos

Detrás del alambre come pan la mirada. La
esperanza es una armonía enjaulada.

Canario que pierde
sus plumas sobre
las baldosas del patio

Los canarios no cantan cuando cambian las
plumas. Pierden las ganas y las partituras, re-
cobran el silencio que los hace inmortales y
enmudecen de otoño contagioso bajo la luna.
Contra las baldosas del patio, inclinado, por
las noches, barre con una escoba nueva, junta
las plumas, busca el amarillo final de todas
las palabras que ha callado.

Pican los mosquitos

Abandonaron hace siglos el placer por libar lirios y margaritas. Zumban y vuelan ahora sobre carnes y a veces desinflan el dolor como vampiros. Flebotomía piadosa de los mosquitos, que chupan al amor en su lado rojo. Sobre los muros pintados con cal, aparecen aplastados. Trazan con sangre ajena extraños corazoncitos y predicen en sus dibujos terminales el destino de las parejas...

Sapos angurrientos

Entre las uvas chorreantes enviaban intermitentes mensajes de amor los bichos de luz al anochecer. Era tibia la humedad del verano en Buenos Aires, con música de sapos y un dulce vapor que espejaba la piel. Esta apacible acuarela, imagen de la calma y de la indolencia, era en realidad una foto de la furia, uniendo los puntos de la muerte en blanco y negro. Sapos que tragaban luciérnagas en la cena y exhibían sus estómagos tensos y brillantes sobre el fondo de la noche.

Arañas enamoradas

Tejen sus telas maravillosas en los ángulos inalcanzables de la casa. Allí comen a sus víctimas con paciencia. Tragan enamoradas a sus machos luego de una noche de placer, y observan con curiosidad y asco a la mujer que abraza y no devora.

– Con tanto amor ¿por qué le perdona la vida?.

Recriminan las arañas indignadas, mientras intentan explicar las ventajas del amor verdadero.

Sarcophaga mortuorum

No es la de la nívea testa de las verdulerías. Ni la que ha perdido el criterio en las fondas. Ni la golosa comemierda del hipódromo de Palermo. Es la mosca del cementerio de la Recoleta, que acuna a sus pequeñas larvas en las honduras de los muertos ilustres. Oráculo será su vuelo sobre los cóncavos desiertos de los ricos y serán pupilos sus hijuelos en la holladura de las penas finas, para memorizar los signos de la luz comiendo gangrena de alta alcurnia.

Flúor

En 1945 un prestigioso odontólogo argentino, el Dr. Adrián Juk, inició la primera fluoración artificial del agua para prevenir caries, en la ciudad de Grand Rapids, Michigan, Estados Unidos. El éxito del experimento hizo que la experiencia fuera copiada por la mayoría de los estados.

Los resultados fueron contundentes, se acabaron las muelas picadas para los norteamericanos.

Luego de más de medio siglo, algunos estudios realizados demuestran los trastornos tardíos y hereditarios que provoca el flúor en la mente, y explican la razón de las sonrisas blancas a plena dentadura, y la locura o el idiotismo contagioso, en el gran país del Norte.

Olores

Las hojas secas del paraíso arden en la esquina, y el humo blanco se eleva como un ahorcado sobre el cadalso. Fumo allí mi primer cigarrillo Saratoga, mi primer bocanada de cáncer. Ese olor es el otoño.

El viejo en camiseta frente a la parrilla, y un bicho recién cazado dando vueltas sobre las brasas. Pruebo allí, por vez primera, un trozo de víscera de la punta del cuchillo, mi primer bocado de infarto. Ese es el olor del verano.

La abuela mezcla un huevo crudo dentro de un vaso de vino tinto caliente y me obliga a tomarlo, sin respirar, para la tos. Tomo allí mi primera copa de vino, mi primer trago de alcoholismo. Ese es el olor del invierno.

Acomodan flores, encienden velas, rezan a media voz y cuentan anécdotas de mi vida. Adivino aquí la lluvia de septiembre sobre la ventana, mi primera noche de muerto.

Este es el olor de la primavera.

Pichones

El pelado se trepaba a los árboles que rodeaban la estación, para robar pichones de los nidos. Eran horribles esos trozos de carne casi emplumada, con la boca exagerada y los ojos pegados.

Las manos del pelado parecían las garras de un gigante sobre las alitas desplegadas de esos pequeños cristos.

Arrancaba de un solo tirón para que apenas sangraran y dejaba los cuerpitos calientes sobre la tierra. Chillaban gelatinosos los pajaritos, y saltaban con pasos cortos sin rumbo aparente. Los gatos nos rodeaban hambrientos, y luego de gozar de la danza de esas aves sin vuelo, las despedazaban y las comían sin dejar rastros.

El espectáculo que ofrecían los pichones, los gatos y el pelado, era más atractivo que el picado de fútbol en el potrero, o el televisor del almacenero (el único del barrio)

Los gorriones viejos presenciaban el acto sin preocupación. Sabían (por gorriones y por viejos) que el pelado crecería para abandonar su perversión infantil, o que el objeto de su crueldad se desviaría, con el correr de la vida, hacia otros horizontes más trascendentes. Sabían los viejos gorriones que los gatos, de todos modos, llegarían a los nidos para tragar a alguno de los pichones. Sabían que, sin embargo, en el mundo hay muchos más gorriones que gatos, y que los gatos nunca podrán volar.

Sabían muchas cosas esos pájaros. Nosotros no sabíamos nada.

Mirada

Forman la mirada hasta la muerte, desde el obelisco hacia el sur, alineados ojos de gato negro argentino.

Retratos

Oxidados

Oxidados serán en regresos para que las frentes no se marchiten ni se plateen las sienes. Habrá flojeras como hongos voraces atornillados contra deseos entre vísceras. Conjurarán supersticiones las víctimas y querellarán súplicas los verdugos.

Nadie podrá morir de amor ni vivir y serán fundadas nuevas pampas sobre el fracaso.

Entumecido

Entumecido como brazo al despertar lo acaricio como si fuera de otro, lo muerdo ajeno al amor, en cuarentena lo crucifico y cruje como puerta de terror, crónico amor criado en crematorio, presagio funesto, incendio para ver, fuego licuado. Forastero en sus fugas soy frágil y casual como visitante de museo, como musguito en la piedra.

Mojados

Mojados por el río de la plata matadora, como ciegos contra el espejo nos paramos frente a la violencia marrón y damos vuelta a la foto como a un guante. Los que pudimos ser son arrojados por los amos desde sus aviones. Con cucharitas robadas en bares se arman las mujeres de cien tetas valientes para rescatarnos. Pero es inútil el esfuerzo de leches. En el fondo del barro desatamos una infinita muerte que nos hace más argentinos.

Felicidados

Felicidados por accidentes asomamos de un huevo de culebra para piar con prótesis. Desatendimos a la prensa y fuimos quemados vivos. Asaron nuestros corazones en la hoguera y comieron de nuestros pecados. No les alcanzó con silencio ni con jugo de inmundicia para apagar el averno. No será suficiente la leche de las nodrizas, ni la baba de los besos negados, para vencer al asma de las cenizas, en sí bemol sobre la tormenta, contra las lenguas gemelas de la muerte.

Ahumados

Ahumados por otoños permitimos soñar al
ojo derecho para no ver la mitad de dios asesino que acunamos en el iris. Las hormiguitas
bajo la lupa arden (como mujeres por las ingles) mientras reclaman piedad a la mirada.

Hembradas

Hembradas fueron por mi deseo de muy
hembra al amarlas con paciencia. Asadas en mí
fueron a lengua lenta vuelta y vuelta sobre la ve-
neración. Para silenciar sus pellejos crocantes nie-
go con pólvora y estallo vencido, como estambre
nuclear sobre las nalgas ácidas de los espejos.

Trozadas

Trozadas son a dentelladas las mujeres que no sé beber con pericia. Desde sus pedacitos me seducen. Los penetro uno a uno para embarazarlos. Parirán asma en nueve segundos y en los recién nacidos anidarán ratas para asegurar el amor eterno.

Arrinconados

Arrinconados por la araña pollito festejan Navidad en el barrio. Brindan con amoníaco caliente para limpiar las cañerías del alma sucia que edificaron con paciencia.

– ¡Chin chin! – suenan los cráneos al chocar.

– ¡Cha chan cha chan! – dice el final de la de suspenso y confirma que el asesino es el mayordomo con levita.

Bajo la alfombra están los cadáveres presentidos en gelatina a cada paso y en hedor desaforado contra las narices. Pero no quieren verlos. Construyen una vida argentina sobre la negación de la muerte.

Aplastados

Aplastados por ojos que ojean de mil días
de suerte mala decidimos entregarnos.
– ¡Arréstennos sargentos! – les dijimos a los
ojos argentinos que ojearon a cadena perpetua.
– ¡Estamos mirados por ojos de perros! – le
dijimos a un perro sin ojos y pasamos la vida
condenados en la retina del enemigo.

Abandonados

Abandonados en Madrid, qué lejos de mí
quedan los versos sin voz que los proteja ni
memoria que los justifique.
Qué versos quedan de mí los lejos en el
adiós y en la muerte, sin espejo que los impi-
da ni horizonte que los haga desaparecer.
Qué de mí queda en versos tan lejos, ex-
puestos y desnudos. Dirán que no sin labios y
en la desilusión seguirán vivos.
Qué queda de versos tan lejos de mí, ni pá-
gina ni gloria, solo paciencia. Desmadrados en
Madrid sin leche ni lecho, sin cauce ni causa,
lejos de mí tan versos, tan exilio.

Lastimados

Lastimados por el pico de loro contra la médula descendieron al dolor por escaleras mecánicas. Una banda de dentistas rubios con tornos sanguinolentos taladraron el paladar virgen de los desprevenidos y colaron té a la cinco de la tarde por agujeritos de carne podrida. Pocas cosas quedan por decir después de la tortura. Las palabras se han convertido en nuevos campos de concentración. Nadie es inocente en este acto de la tragedia.

Dibujados

Dibujados por pájaros rotos no podemos hallar la punta del ovillo. Llevamos los ojos dados vuelta. Miramos para adentro sin párpados. Todo es pus en las cuencas desoladas.

Derrotados

Derrotados por los héroes de la patria, abandonamos las armas en el patio de la abuela. Enterramos en el jardín la obra completa de alguien y nos hicimos ermitaños por necesidad. Es difícil convivir con los que no pudimos enterrar, como a la obra completa de alguien, y es más complicado aún ser el que sobrevive a ese silencio.

Envidiados

Envidiados por los tumores malignos emprendemos el camino del regreso más argentinos que Hansel y Gretel. Los padres nos han abandonado y las brújulas hacen metástasis entre las costillas. Es muy difícil mantener los oficios: picapedreros, verdugos y deshollinadores manejan taxis de madrugada, y los parrilleros de la costanera aplican picana a los jubilados.

Mientras, los genocidas tejen escarpines para sus nietos y los suicidas nos hemos vuelto inmortales. No nos mata la navaja en la vena ni la soga al cuello, ni el veneno de rata ni el disparo en la boca. Nos condenaron a algo peor que la muerte.

Desembravadas

Desembravadas las manos de nada sirven
en los fracasos, ni los molinos de viento en
mundos sin brisa. Con dedos de cadáveres tapan el sol y a través de los ojos caducos en-
hebran a los asesinos.

Navegados

Navegados mares en ojos necesita la callada matadora. Sal en hachas reclama sobre cuellos condenados por injustos. Tres navajas (ni
una más ni una menos) distingue en las ingles
de las damas, y con una espada (una sola) de-
capita a los niños creyentes que todavía ma-
man mentiras de viejos.

Desmantelados

Desmantelados en cáncer los te quiero son torcazas sobre la ventana. Un gato siamés los devora de tanto en tanto, de a uno en vez, de amor en más.

Elevados

Elevados son todos los inconclusos. La distancia genera deseo y transforma al dolor en amnesia. ¿Cómo era la baba inicial en el labio? Maravillan al sistema las lenguas en do y esas voces líquidas que lubrican las vísceras espinadas. El mundo sigue enamorado de una mujer que huye.

Salados

Salados en lágrimas falsas, somos flujo y reflujo en la jugosa matadora que nos desaparece a destiempo. Hacemos castillos con arena sucia del reloj de ella y descubrimos dos horas inesperadas en el ventrículo, vida de más que sorprende en asco a la sudorosa luz que desarraiga. Saliva con derrotas porteñas, espejadas como voces para amorarnos.

Traicionados

Traicionados de amor en más, solo paciencia argentina, aguas contra sequías en el río más ancho del mundo y besos viejos contra ciudades húmedas. ¿Qué labios de rubí de rojo carmesí eran en deseo cuando ardían en el ropero junto a la guitarra moribunda y la carabina descargada? ¿Qué ojos negros en mares dulces? ¿Cuánta vida darían por ese otro que expulsa cadáveres imberbes de las plazas?

Fragmentado

Fragmentado por ella soy retazo. Voy incompleto de mí. Formo parte de lo que no pude ser. Como pedazo de camisa gastada, recuerdo el esplendor sobre la piel, con mi presente de trapo contra la suciedad. Caso perpetuo de voluntad desdichada. ¿Cómo desocupar dolor de la rabia? Soy porción de oscuridad, disparo injusto, puño. Descubro que los años le han cambiado las funciones a los órganos, a las vísceras y a los objetos. Todo sirve para otra cosa. Ando por viejo de retazo en retazo.

Plano

Plano es el universo: una tabla tendida sobre la nada, apoyada sobre un atril de madera, con una cierta inclinación.

No se unen las paralelas sobre el infinito ni es cóncavo el fin de la noche.

El universo es una llanura habitada por caballos injustos, donde el infinito es el punto más cercano y es horizonte inalcanzable el día siguiente, una pampa sembrada con hierbas aromáticas que desenredan pájaros muertos de las narices.

La mirada es curva y la realidad está en otra parte mientras el mundo se desliza, pero no en el ojo, porque la inercia de la pupila es real en su fracaso.

Nada gira en este galimatías. Rueda la vida sobre la llanura, arrastrada por los caballos injustos hacia el fin de la noche.

Casos

Mesa de luz

Verás que los veladores no tienen velas. Velázquez y las Meninas verán que todo es mentira. Mesitas de luz sin luz, (caderas rotas en la sombra de la pieza), mesitas de sombra como lunitas de pino, lunas llenas de lobisones. Los visones muertos que abrigan los cuellos arrugados de las señoronas o los finos cuellitos de las señoritas putas que apoyan sus libros de cabecera sobre las mesas de luz sin luz. Voces dulces y sombreros amargos para cabezas derretidas por soles atlánticos. Veladores a la portuguesa. Por tu mesa pasan los velorios del mundo, cadáveres exquisitos que saludan con ademanes violentos. Velorios de adiós con anís (pero velorios sin velas).

Nos velan en la antesala del mundo. Hay sepultureros ansiosos por la pala final.

Pala pala pulpero ¡que viva el sepulturero!

Pala pala pulpera ¡qué pulpita naranjera!

Púlpito para el pulpito cura (tentáculo de curandero con ventosas para la fe). Se me viene la aftosa por tanta mala leche por tanta deuda en escabeche. Deudo externo venerado venéreo (pero sincero). ¡Que paguen los que tienen veleros y veladores y los que compran velorios! Pero no los que prenden velas a los santos, ni los que apagan las velitas en los cumpleaños, ni los que bajan las velas inútiles de los barcos huérfanos de viento, ni los que reman y reman y reman como esclavos en galeones, malones de sudor barato por un rato de alquiler, por una rata, por una ratito de luz, por una mesa de luz, por una sombra.

Jejenes jodones

Ni yerba de ayer secándose al sol ni sol ni soledad. Soltero se queda el tero, ¡tero, tero, terito! con alas cortadas para que no se escape, vociferando en el fondo y tragando bichos. Grito para adentro porque ando seco de tanto sapo tragado, de tanto cepo, tanto rito roto, tanta rata en el tinglado. ¡Tero, tero, terito! con su esposa legítima la tera. Lata en el techo para que cante la lluvia solista. Mojadura fatal del invierno que asesina jejenes jodones, picadores de la memoria insanos del jardín sin pasto ni arbolito gentil ni cantero ni enanito de yeso ni queso ni yerba de ayer secándose al sol ni sol ni soledad.

Afeitado y sin visitas

Del lado de los tomates sin el toro por las astas, afeitado y sin visitas ¿qué hago con la foto si la novia está en Italia?. Solo solito de soledad solitaria, con la mano a mil sobre la ingle del espejo, con el deseo en seco, sin revolución ni pantalones.

Señales

¡Respondan con señales claras! ¡pájaros
agrios! ¡no se precipiten sobre la sombra que
se me escapó! ¡carroñeros!. Poco queda de mí.
Lo suficiente para renacer de los jugos como el
muerto Fénix. ¡No me abandonen al borde del
suicidio! ¡jirafas carnívoras de la siesta privati-
zada! que la luz es demasiado dolorosa para
dejarla huérfana. ¡No crean en mi sonrisa! que
soy todo vinagre en los ojos y la mirada que
doy es la más atroz maldición.

Desierto

¿Qué lluvia es ésta que no moja el ojo?. ¿Qué
lágrima es ésta en la cresta de la boca?. ¿Qué
agua es ésta que me seca el adiós?. ¿Qué baba
es ésta en la lengua de Dios?. ¿Qué Dios es éste
tan seco que me lo imaginaba mar y es desierto?.

Amor mundun fecit

¿Amor mundun fecit mamita?.
Vení que te lo muerdo que te jugo que te
chupo que chorreando es lo mejor.
¡Te lo advertí!, el amor es injusto desde el
capítulo de ayer.
¡Mueve montañas el amoral amor de las pie-
dras movedizas!.
Mueve el monte púbico el infame mentiroso.
Te amo si no sos buena pero si valés una
pena te odio.

Metamorfosis

Sos luz en mi clorofila amor cuando me
sorbés de súbito o me repudiás en solicitada.
Sol en pasto amor sos cuando me levantás de
cunas y me resucitás verde. Reincidencia en la
fotosíntesis es por vos amor el día. Podredumbre
en vida y carroña en filantropía metamorfoseás
amor por las noches cuando dormís y no brillás

Chiribitil

Venite al chiribitil que tengo lindos frasquitos decorados con moñitos todos de un mismo color. Desnuda vení al socucho mocosa, con muchedumbre y munición, movediza y falsa. ¡Si te agarro te asombro de crema, te mancho los dientes, te amo los mocos, te lustro el pejerrey, te quiero en los juanetes, te lubrico el crepúsculo!. ¿Qué tenés en la lengua muchachita del circo? ¿Belcebú?. ¿Residuos nucleares? ¿gatillo?. ¡Quiero abandono y embrollo!. Que me dejes en Domingo quiero. Y decir ¡qué lo parió! para regocijo de los vecinos.

Diente de leche

Encabritado en un silencio asoma el diente de leche (aplaude la patria). Una boca roja de anciano recibe el milagro como lluvia en la arena. Se llenan de sorpresivas muelas las encías petrificadas de los viejos y las cicatrices callosas de los muelles abandonados. Los desdentados solitarios muerden su porción de mar mientras entierran en macetas las dentaduras postizas de la humanidad. Como caballos empinados los dientes se adueñan de las palabras. Todos dicen y no hay más buches vacíos ni mandíbulas hundidas. Se viene la atropellada final del hombre que puede morder y muerde. Los relojes nos mastican y los libros nos muerden, hincan el diente en la yugular de la mentira. Chupan la sangre larga, la mala sangre, la luz mala.

Del movimiento naturalmente acelerado

Desde los ojos le bajan los últimos cien veranos del mundo. La ciudad desciende naturalmente acelerada. El sol baila alrededor de la tierra mientras los malvones del patio se derriten en macetas. Los inquisidores insisten. Ella se desnuda en la cocina. Las cucharas giran alrededor de los guisos recalentados. Desde los ojos le bajan naturalmente acelerados los muros de una mirada pegajosa. Los elefantes avanzan con nuestro mundo a cuestas y nosotros giramos alrededor de sus trompas de marfil. Las lenguas de la humanidad se llenaron de pelos y de los techos chorreó manteca.

Eppur si muove...

Eppur si muove...

Tomates

Ensalada que sonroja con descuartizados to-
matitos que esperan mi noche triste en los za-
guanes, con grititos rojos todos de un mismo
color sobre las antenas haciendo nidos con barro, rama seca, rayo viejo, alma en pena. Tomates soñadores que bienaventurados sean en
el reino de los techos, en la cima de las abuelas muertas que los hicieron tuco en los domingos rojos al borde de la muertecita líquida,
en la sangre de los viejos espesos. Para el lado
de los tomates han volado los aceites no reco-
nocidos de los ancianos en los geriátricos, ilusiones tomateras en los cajones de las verdulerías amontonadas como hombres que esperan
el juicio final, la ensalada.

¡Sal en la cola para que no vuelen!, semilla
a la basura como feto a la cloaca, aborto para
que no se venga el tomatazo triunfal de los tomates disconformes. Desde los techos del
mundo los tomates arrojarán personas podridas
sobre los escenarios, en la noches pincharán
con tenedores de angustia los corazones, y co-
merán (de a poquito) los ojos que les clavamos en adiós.

O sea

Pero si digo que la poesía es un poco de humo vendrán los defensores de la palabra y me arrojarán zapallos. Pero si digo que la poesía es una bombacha rosa vendrán los recitadores del puerto y me quemarán en la hoguera. Pero si digo que la poesía es un zapallo en la hoguera se alegrarán los socios del Club de Fans de Juana de Arco pero no los horticultores amantes de la calabaza.

O sea que, lo que decía cuando decía palabras era nada.

Conjuntivitis

El olvido es un ejercicio de los ojos pero la conjuntivitis del alma te llena de lagañas la memoria. Y entonces: ¿para qué?. ¡Pará! que la palabra es una excusa, ex ex, porque era para explicar, ex ex, pero ahora no, porque la palabrita antes era Margarita y ahora se llama Margot, las luces del centro le han hecho mal, mucho carmín, mucho percal, mucha pluma y lentejuela, mucho París, mucho Lacan, mucha lenteja y plusvalía. ¿Para qué? Si el olvido es un ejercicio de los ojos.

Monje de seda

La mirada del monje aunque la mona de seda se desnude no lo hace porque no es fácil decir: "¡Soy un caballero medieval!", con lentes de contacto celestes y labios pintados. No es fácil decir con este disfraz corto de tiro que me ahoga el semental y me deja sin cara ni olor ni vitamina, con la mirada de la mona que hace al monje de seda aunque se vista.

Chusma

¡Cómo le va aborto plenipotenciario! En el cartapacio de la ingle izquierda explotó un petardo pero lo preocupante está en el plúmbico doblez del populacho, en la rugosidad triste de los pueblitos, en la pleamar de la plegaria, en las costumbres del chancho, en el sometimiento y en la resignación. Chusma que se aviene a la coyuntura pútrida, hambre de votante hambreado por votados. La soledad del poder cría hijos de puta, y el poder de la soledad los amontona.

Pachorra

Monedita de cincuenta en el riel para verla flaca. Suspenden viajes. ¡Chau amor! Pachorra en el ojo ferroviario por catres vacíos. Cuatro días locos vamos a vivir con obstinación y hambrunas ¡y a puro vicio!. Te empujo la pesadilla ¡pescadito!, porque perverso quiero ser, yo quiero ser torero, banderillero en locomotoras, depravado y mal bicho quiero ser. ¿Quién te ha visto? y quién te pifia en el área chica ¡pelotita de trapo!, en el desplacer te deja con un forúnculo en la axila derecha que impide decir adiós. No se puede pensar en el destino de los trenes con piedras en la vesícula y colon irritable. Venidero soy, como el hijo soy de mis hijos, meta y meta fulgor y espera en el ardor por el biberón que lubrica la siesta con la solitaria caca y el reclamo. Venidero soy ¡y a puro vicio!

La mano sarnosa

Ni símbolos ni significantes ni ocho cuartos,
no es metáfora lo que mata ni humedad ni no-
vela naturalista. Si le digo que se viene la noche,
que la negrura pondrá huevos en su corazón,
que la jaula se llenará con su canto, no es místi-
ca ni religión ni promesa cumplida con camina-
ta, es la caricia terminal de la mano sarnosa.

Guiso

¿Deuda externa o perdigones?. ¿Mordaza o
sótano?. ¿Gallina degollada o almohadón de
plumas?.

Mezclo las barajas disfrazado de planta sin
flores, y aquí me ven, en la cocina de los traidores, preparando un guiso para el enemigo.

Marzo

Marzo arruina las mariposas y marca los naipes, amarga margaritas y aplasta las cucarachas finales. Cuando mueren los amigos es marzo, cuando la angina tabacal hace trampas. Hubo un marzo sin abril. (Caño caliente en la cabeza). Desde entonces la muerte está de pie.

Espiral

¡Así! ¡así! ¡así! en espiral, cuesta arriba, mancos y calvos. ¡Así! ¡así! ¡así! de piernas abiertas, sangrando, sin placer y sin plata. Otra vez encinta. Otra vez aborto. Ni las putas ni los violados ni los gatos que gritan en los tejados. ¡Así! ¡así! ¡así! de costurerita, de novia de barrio, rengos y desdentados.

Gusano sentimental

Porque tenés el alma inquieta de gorrión
sentimental, de patio de morocha, ¡no podés
decir! ¡desandar! ¡destinar! porque la palabran-
da anda con destinación, con dentición precoz,
con diente de leche que morirá con leche entre dientes. Porque más vale pájaro en boca
que mil sueños en la boca del pájaro. El pájaro
en el ojo ajeno es buscado (porque todos los
ojos son ajenos menos las penas que siempre
son propias). Propinas que nos deja el alma
inquieta del gorrión sentimental, gorrioncito
enjaulado masticando alpiste en el patio de la
morocha (allá en el tiempo). Tiempito que no
existe (invento de relojeros que no dan la hora
a los funebreros que te dan el terrón). Y si te
quedás allá abajo la tierra te hace un nudazo
en la garganta y un gusano sentimental se te
come el gorrión (te deja el alma inquieta).

De muerto se te queda el almita nerviosa
como tortuga sin caparazón, como almeja esca-
bechada. ¡Loco!. Loquito lo pongo al gusanito
que se revuelve en el agujero ajeno que dejó
el ojo ajeno en la mirada perdida de los muertos que perdieron la mirada y no lo saben.

Huesos

¡Desenvainá el mar, muerte!. Poneme la sal que aguanto. No soy esta grasa que ves sobre las maderas, muerte, ni la corbata del ahorcado en el espejo, ni el sí señor, ni el autógrafo en la nalga de la deseada. ¡Desenvainá, muerte!. ¡Te cago a patadas, matadora muerte!. No soy la piel que ves sobre los huesos que crujen, ni los trenes que drenan pus en las estaciones, ni las moscas que comen trenes. No soy el mantel de hule sobre la mesa vieja, ni el perro fiel, ni el gato rancio.

¡Desenvainá el pan, muerte! Que no soy esto, pero no sé qué soy.

Comedias

Marcelo

Comedia dramática en un acto

En una sala de espera de Hospital se ve un banco largo contra una pared, un cenicero de pie, un cuadro con la enfermera pidiendo silencio y una puerta.

Oscar González es un empleado administrativo joven. Va a ser padre por primera vez. Está vestido con un traje gris, una camisa blanca y una corbata negra. Camina en círculo. Está nervioso. Fuma. Prende un cigarrillo con otro.

Pasan unos minutos hasta que una enfermera muy alta, exageradamente maquillada, vestida con un guardapolvo blanco corto, con cofia y tacos altos entra en escena desde la puerta con una carpeta en la mano.

Enfermera – (Tono autoritario) ¿González Oscar?.

Oscar – Sí, soy yo. ¿Cómo está mi mujer?.

E – ¿Trajo el carnet del sindicato, los documentos de ambos cónyuges, la orden de internación del médico de cabecera, el certificado de trabajo de la empresa, dos fotos 4 por 4 del asociado y su esposa, la historia clínica de la madre y los antecedentes médicos de ambos?.

O – Sí, ya presenté todo en mesa de entrada. ¿Cómo está la gordita?.

E – (Sin mirarlo ni contestarle se va por la puerta gritando) ¡Estos inútiles de la recepción todavía no le hicieron la ficha de ingreso! Ya me van a oír.

O – ¡Señorita! ¿Qué pasa? ¿Hay algún problema? (La sigue, asustado, hasta que le cierran la puerta en la cara).

Prende otro cigarrillo. Vuelve a caminar en círculo, nervioso, hasta que regresa la enfermera.

O – (Se le abalanza) ¿Qué pasa señorita?. ¿Cómo está mi mujer?.

E – (Más relajada) Tranquilo hombre, está todo bien, fue un malentendido administrativo nomás.

O – Entonces ¿voy a poder presenciar el parto?. Yo hice el curso "Los dos estamos embrazados", que nos recomendó el doctor, dejé el certificado de asistencia en la mesa de recepción.

E – ¡Imposible! Va derechito a la cesárea la señora. No es para preocuparse, pero tampoco vamos a hacer de la intervención un show.

O – Entonces...

E – Entonces, mi amor, usted hace lo que hacen todos los padres, da vueltas y fuma.

La enfermera se va apurada por la puerta. Oscar sigue dando vueltas cada vez más nervioso. Prende otro cigarrillo. Habla solo.

O – (A media voz) Puja, puja, puja, así, así, así. Muy bien mi amor. Ahí va. Ya viene el pibe. Sí. Sí. Sí. (Se sienta en el banco, abre las piernas, se pone la mano en el vientre y hace un gesto como si estuviera pariendo).

Vuelve a aparecer la enfermera. Ahora con barbijo y un bebé en brazos.

E – ¿González Oscar?

O – Sí, soy yo...

E – ¡Lo felicito! ¡Es un varoncito! ¿Cómo se va a llamar el angelito?

O – Marcelo se va a llamar, porque admiro a Marcelo, el de

la televisión.

E – Mire que carita, es hermoso Marcelito.

O – (Se acerca y lo mira) ¡Marcelito! ¡Mi vida! Es divino...

La enfermera realiza un movimiento torpe pero rápido que provoca la caída del bebé. Antes de que toque el suelo lo toma de las piernitas y lo sacude contra las paredes de la sala de espera, lo patea y lo estrella contra el suelo. En esa terrorífica fracción de tiempo Oscar grita desesperado y se le tira encima.

O – ¿Qué hacés hija de puta? ¡Lo estás matando! (La toma del cuello y la tira al piso).

Se escucha una música de fondo y se encienden luces estridentes. La enfermera grita para calmarlo.

E – ¡Pará fanático! Tranquilizate. Es una broma para la televisión. Mirá, mirá para allá, ahí está la cámara. (Señala al público) ¿La ves?. Es para el programa de Marcelo.

Oscar la suelta. Mira al público sorprendido. Parece tranquilizarse.

O – (Mirando a la cámara) ¡Me la hiciste bien cuervo puto!. ¡Entré como un caballo! (Ahora dirigiéndose a la enfermera que sigue tirada en el piso sonriendo) Entonces, ¿ese bebé destrozado no es mi hijo?.

E – Sí, mi amor, es tu hijo, pero había nacido muerto. Tu señora, la mamá, está bien, y es la cómplice de esta cámara sorpresa. Mirá a la cámara y agradecele a Marcelo. (Ahora con voz de locutora, recitando un aviso). ¡Te ganaste un viaje a Miami! para dos personas, quince día en el Hotel Gusan Palace con todos los gastos pagos, y volando por Aerolíneas Argentinas, la menos argentina de las aerolíneas.

O – Gracias, muchas gracias por todo. (Mira al público sonriendo) ¡me la hiciste bien cuervazo turro! Y la puta que te parió...

La enfermera se para mirando al público, mientras señala a Oscar con ambos brazos, grita: "¡Fuerte ese aplauso para Oscarcito!"
 Oscar levanta el cadáver de su hijito del suelo y con él en brazos saluda al público. Se va por la puerta.
 La enfermera se saca la cofia. Tiene el pelo atado.
 Se baja de los tacos, ahora es la Señorita Maestra, saca el retrato de la enfermera pidiendo silencio y pone uno de Sarmiento.

Maestra – (Tono docente, dirigiéndose al público) Excelentísimos dignatarios de la iglesia, excelentísimos mandatarios del gobierno, respetadísimas autoridades de la escuela, amabilísimos señores padres-clientes, alumnos: Estamos aquí para honrar el presente de las empresas que nos auspician: (Comienza a hablar como locutora de transmisión deportiva) Rota-Cola, la gaseosa de los que se dejan; Aguas Extranjeras, una empresa que garantiza la sed; Euroluz, una sombra ya pronto serás; Gases del Estado, tener frío es querer a la patria; Ediciones Pérez, pocas páginas para pocos; Empresa Única de Teléfonos para Latinoamérica, en comunicaciones lo importante es competir. (Retoma el tono docente). Nos hemos reunido para premiar al estudiante más obediente del colegio, alguien que en doce años de escolaridad básica nunca ha puesto en duda ninguna de las órdenes de sus superiores. Un joven que ha hecho del silencio y la mediocridad un arma de éxito. (Entra por la puerta Oscar con actitud infantil, la maestra lo señala) Oscarcito González ha sido un ejemplo de sumisión y docilidad, transformando su obsecuencia en un eficaz método de aprendizaje. Ha cumplido como alumno, como hijo y como joven argentino. Ha acatado las reglas de la institución y las normas morales de la sociedad. González es el futuro de la República, una Argentina donde el respeto se parecerá al sometimiento y la observancia de las leyes siempre irá de la mano del conformismo. Este muchacho criollo nunca ha replicado a sus maestros, ni ha hecho causa común con sus compañeros. Por eso, la Fundación para el Desarrollo Individual del Sujeto Deslucido para América Latina ha decidido recompensar su ejemplo con una beca laboral en una casa de comidas rápidas, con la posibilidad de ser contratado efectivamente, si logra ser nombrado el empleado del mes dos veces seguidas. (Pide aplausos y eleva el tono) Recibe el premio "Balde en la Cabeza": ¡Oscar Gonzá-

lez!, un orgullo para este establecimiento educativo.
Se acerca Oscarcito González y le colocan un balde en la cabeza.

M – Fuerte el aplauso….

O – (Tiene la cabeza completamente cubierta por el balde)
Gracias, muchas gracias, ¡God save you! Dios los salve. Llevo en
mis oídos la más maravillosa música, que son los consejos de
mis maestras. Las sigo porque no me van a defraudar.

*Se saca el balde de la cabeza y lo apoya en el banco. Saca el
retrato de Sarmiento y pone un gráfico de balance. Cambia su
gesto corporal, saca pecho y levanta la cabeza.*
La maestra se suelta el pelo, se saca el guardapolvo y toma
un plumero. Ahora es la empleada de limpieza.

O – (Tono autoritario) ¿Quién carajo dejó el balde en la ofici-
na? Estas negras de mierda no aprenden más.

Empleada – Perdón señor, lo traje para limpiar su vómito y
me lo olvidé.

O – ¿Quién te dijo a vos que ese vómito era mío? Vía, Vía. Rápido. Rápido. Apurando con la limpieza que tengo mucho que hacer.

E – Yo lo vi cuando vomitó señor, por eso vine a limpiar, en
un minutito ya termino…

O – ¿Quién sos vos para contradecirme? Yo te doy la mano y
vos te tomás el brazo. ¡Es increíble!. Mi viejo siempre me decía
que yo era muy blando con el negraje. (Con voz marcial) "Con
un poco de mano dura vas a ver cómo te respetan", me decía.
Lo que pasa es que estás calentita conmigo, negrita, vení que te
doy lo que querés. (Se le tira encima y la manosea)

E – Por favor, señor (forcejea para sacárselo de encima).

O – (Sigue encima manoseando) Dejáte de joder y chupámela
como hacés con tu marido. ¿Cuántos hijos tenés? ¿Cinco, diez?

Ustedes siempre tienen ganas de coger...

E – (Se resiste) Dejemé, por favor, no me lastime.

O – No te hagas la frígida que te quedás sin laburo. (Le levanta la pollera y se le sube encima). Disfrutala, relajate, (Ríe a los gritos).

La empleada se saca la remera y la falda, cambia de posición y queda encima del tipo. Se sacuden un poco y ella se baja. Ahora es una prostituta. Saca el gráfico de balance y cuelga un espejo.

Prostituta – Acabaste demasiado rápido, mi vida, ¿qué te pasó? ¿estás nervioso? ¿Tenés problemas con el trabajo? (Le da un rollo de papel higiénico) Tomá, limpiate...

O – (Hace el gesto de sacarse el preservativo y se limpia con un trozo de papel) Mi mujer está por tener familia. Vengo con un retraso de tres meses, y además estoy preocupado por el parto.

P – ¿Padre primerizo?.

O – Sí.

P – Va a salir todo bien. No te sientas mal. Conmigo otra vez será. Ya te podés ir.

O – (Con voz lastimosa) No. Por favor. Fueron cinco minutos, no me podés echar así. Pagué veinte pesos. Dale, dejame un poco más.

P – Si querés más, son veinte pesos más, mi amor. Veinte pesitos el servicio. Si sos precoz yo no tengo la culpa. Ahora anda a atender a tu mujer que te necesita.

O – No tengo un peso... dale, la próxima te pago el doble, (Busca desesperado en la billetera).

P – Las putas no damos crédito, mi vida, si querés coger tenés que pagar.

O – Por favor, aunque sea una paja...

P – Bueno, ¡basta!. Ya me cansaste, tan llorón y pedigüeño. ¡Y con tu mujer esperando un pibe!, ¡a punto de parir!. (Lo mira fijo a los ojos, en silencio, unos segundos, mientras le toma la cara con las dos manos) Sos un poco hijo de puta vos, ¿no es cierto?. Vestite y andate, juntá la platita y lo hacemos otro día, para festejar el nacimiento... Chau cariño...

Se visten los dos. Ella se recoge el pelo. Saca el espejo y cuelga un Cristo. Ahora son madre e hijo.

Madre – Vamos Oscarcito que hay que ir a trabajar. Son las siete.

O – Me estoy cambiando, ya estoy levantado, viejita, pero no voy al trabajo, voy a ir a la clínica, la gordita está internada desde ayer, rompió bolsa.

M – No descuidés el trabajo, nene, la cosa está muy difícil, si te echan no encontrás nada, que ella se las arregle, ¿o vas a tener vos el hijo?, cuando vos naciste, tu padre se fue a las carreras y yo me las aguanté solita. Estas chirusitas modernas son muy flojitas. Yo te dije que no te convenía esa chica. ¡Mirá que flaco que estás!. No salgas a la calle sin desayunar. Lavate los dientes. Afeitate que parecés un cartonero. Esa chica no es para vos, te lo dije, y no quiero que digan que soy una "suegra", porque cuando necesiten que cuiden al nene ahí voy a estar al pie del cañón, llueva o truene, porque yo soy así, como las mujeres de antes...

O – (Adquiere un tono tanguero) Viejita querida. (La abraza) Usted es la mujer de mi vida. Ya no existen minas como usted, mamita.

Oscar se pone los lentes y el guardapolvo, ahora es el médico partero, la madre se recuesta sobre el banco con las piernas abiertas. Puja y jadea.
Dr. – Tranquila mamita, tranquila, tranquila...

Madre – (Grito desgarrador de dolor) ¡¡¡AAAHHH!!! Ayúdeme Dr.

Dr. – No hay caso, no hay dilatación.

Madre – ¡No doy más! ¿Hace cuántas horas que estoy acá?

Dr. – Hace 24 hs. mamita.

Madre – ¿Y mi marido?.

Dr. – Anoche se fue a descansar, ahora está dando vueltas como una fiera, afuera en la sala de espera, fumando como un escuerzo. Te vamos a dormir mamita, no hubo caso, no va a haber parto natural, se viene una cesárea, el bebé corre peligro. Quedate tranquila que todo va a salir bien.

La madre se pone de pie. El Dr. le entrega un bebé. Lo mira, lo acuna, grita y llora desconsoladamente.

Madre – ¡Nació muerto! No lo puedo creer. ¿Cómo se lo digo?

Se sube a los tacos, se coloca el barbijo y el guardapolvo, y se transforma en enfermera.
El Dr. deja los lentes y el guardapolvo y vuelve a ser Oscar en la sala de espera. Saca el Cristo y regresa el retrato de la enfermera que pide silencio.

E – ¡Lo felicito! ¡Es un varoncito! ¿Cómo se va a llamar el angelito?.

O – Marcelo se va a llamar, porque admiro a Marcelo, el de la televisión.

E – Mire que carita, es hermoso Marcelito.

O – (Se acerca y lo mira) ¡Mi vida! Es divino...

La enfermera realiza un movimiento torpe pero rápido que provoca la caída del bebé. Antes de que toque el suelo lo toma de las piernitas y lo sacude contra las paredes de la sala de espera, lo patea y lo estrella contra el suelo.
En esa terrorífica fracción de tiempo Oscar grita desesperado

y se le tira encima.

O – ¿Qué hacés hija de puta? ¡Lo estás matando! (La toma del cuello y la tira al piso).

En ese momento se escucha una música de fondo y se encienden luces estridentes. La enfermera grita para calmarlo.

E – ¡Pará fanático! Tranquilizate. Es una broma para la televisión. Mirá, mirá para allá, ahí está la cámara. (Señala al público) ¿La ves?. Es para el programa de Marcelo.

Oscar la suelta. Mira al público sorprendido. Parece tranquilizarse.

O – ¡Me la hiciste cuervo puto! (Ahora dirigiéndose a la enfermera que sigue tirada en el piso sonriendo) Entonces, ¿ese bebé destrozado no es mi hijo?.

E – Sí, mi amor, es tu hijo, pero había nacido muerto. Tu señora, la mamá, está bien, y es la cómplice de esta cámara sorpresa. Mirá a la cámara y agradecele a Marcelo. (Ahora con voz de locutora, recitando un aviso). ¡Te ganaste un viaje a Miami! para dos personas, quince día en el Hotel Gusan Palace con todos los gastos pagos, y volando por Aerolíneas Argentinas, la menos argentina de las aerolíneas.

O – Gracias por todo. (Mira al público sonriendo). ¡Me la hiciste bien cuervazo turro! Y la puta madre que te remil parió... (Llora desconsoladamente).

E – ¡Fuerte ese aplauso para Oscarcito!

Oscar sigue llorando a los gritos, levanta el cadáver de su hijo del suelo y con él en brazos saluda al público. Se va por la puerta.
Las luces de la sala no se encienden por unos minutos, se escuchan los gritos y el llanto de Oscar.

La vieja ve los colores

Comedia clown en quince cuadros
Para recitador, coro y banda de rock latino

*Se ven sogas con ropa colgada y una mecedora. En una pantalla se proyecta la escena de la película **Cuando los duendes cazan perdices**, donde Luis Sandrini aguarda los resultados de la operación de los ojos de su madre y termina gritando "¡La vieja ve los colores, la vieja ve!".*

*El coro canta los tres primeros versos de **Chorra**, de Enrique Santos Discépolo:*
"Por ser bueno me pusiste a la miseria,
me dejaste en la palmera,
me afanaste hasta el color..."

Color coloris
(Cumbia)

Color Coloris Colorín Colorado
La vida es de colores
La vida es
¡La vieja ve los colores!
¡La vieja ve!
... y algunos viven para descolorirlo todo
para dejarlo blanquete
para rompernos el ojo
pero no se puede compañero
andar incoloro por la vida
o querer incolorar a los demás

La vieja ve
(Rumba)

Pobrecita la viejita
con el ojo encapotado.
La viejita pobrecita
por la nuca lo ha mirado.

Esta tarde le acuchillan
a la vieja, ¡pobrecita!
catarata y pesadilla
¡qué no se quede cieguita!

Castradora con anzuelo,
cuando baje la escalera,
descubrirá ese pañuelo
y afilará sus tijeras.

La vieja ve con veneno,
con los colores lo ahoga,
a ese muchacho tan bueno
que sufre contra las sogas.

Dar en el blanco
(Rock)

Y los blancos contaron alguna vez su historia blanquete.

Coro
Con brillantes: ¡Blank!
Con germanos: ¡Blank!
Con anglos: ¡Blank!

Blanquecinos como argentinos. Blancuzcos que no hay en Cuzco. Ni por allá ni por acá ni por acullá. Por el asunto de los barcos (¿vio?). Barquitos llenos de blancura pura de novia italiana, de gallegos con blancor de pudor harináceo, de judíos blancos rusos de puntilla pálida.

Mujeres con blanquibol pululan en la casas sin sol, rebotan contra las sábanas demasiado puras (blancas) ¡y a mí no me la cuentan la historia blanca de la virginidad hipócrita / hipocrática / de las camas nevosas retorcidas con lechita de luz solar no descompuesta!.

¡Hay que dar en el blanco! Pero el punto del medio es recontranegro y la puntería y la memoria son versiones tristes de la inteligencia que siempre es de un color que no sé.

Cosas de negros
(Candombe)

Como los negros Niger haciendo pozos negros en Nigeria
(cosas de negritos denigrados). Como los gatos negros y los cielos enlutados. Como la morte negra y el negro olor de la peste.

Coro
¡Cosas de negros!
¡Cosas de negros!

Gracias a un Dios negro han nacido las negrísimas jugosas
curvalonas sabrosonas y los besos negros y las porciones negras
de café para salvar el honor negro de los negros de color, gro-
nes negros siempre en negro por la vida negra que les toca.

Coro
¡Cosas de negros!
¡Cosas de negros!

Negras se las ven (porque las tienen negras)
Negras se las vieron (siempre así las tuvieron)
Negrísimas se las verán (algo habrán hecho)

Bombacha rosa
(Shake)

Bombachas rosa en la noche de Navidad aseguran buena suerte.

Siempre imaginé a Papá Noël o Santa Claus o no sé cómo se llama ese viejito rosado bajando por las chimeneas como un agente de la C.I.A. con sus bombachones rosaditos y su mirada rosa trayendo regalitos que nadie explica, porque algunos gozan regalones rosa y otros caramelitos rosáceos envueltos en tímidos papelitos rosa y otros menos que un pétalo de rosa y otros nada o un patadón rosa en el culo.

Coro
Rosa rosa
tan maravillosa
como blanca odiosa.
Rosa Rosa
tan maravillosa
como blanca odiosa.

Rosa-Rosae-Rosam. Te roza y te pincha la rosa de Rosario (bendita ciudad donde nadie reza ni roza ni cultiva rosas).

Rosa por rosa ¡rosa por rosa! ¿rosacruces? ¿rosistas? ¿rosamadreselva? ¿rosa de azafrán? ¡varicela! ¡rosa nevada damascena fotidica bengala! rugosa carne centifolia.

¡Rindamos homenaje!. Todos de pie, por favor. Ya sale a escena:

¡La Rosa de los Vientos! ¡con sus treinta y dos rumbos mirando fijo! ¡con mirada rosa! ¡con bracitos rosados!. Con deditos rosa que te señalan con certeza rosa:

Tomá pa´llá...

Y usted lo sabe, mi amigo, no hay rosas sin espinas ni espinas sueltas en la vida. (Cada espinita con su pescadito, con su ´rosita). Todas las Rositas son solteronas. Todas las Rosas son atorrantas. Pregunte en la Rosada (casa embrujada) ¿por qué desolaron las rosas, la alegría rosista, lo que te sonroja?. En esa plaza rosada hay tipos que odian los colores (todo lo bueno) y meta hacer pedazos la rosa, la rosada, la esperanza, que no parece verde cuando la vida no es color de rosa.

"Las naranjas son el alma"
(Anónimo rupestre marplatense)
(Vals)

Chupadas por la vida, las naturales naranjas del naranjo del naranjal. Almita paspada por trágicos chupamientos. Vampiros naranjeros de un metro anaranjado, caminadores de hambrunas como trenes ¡que no se puede el mundo si es así la verdad de la naranja!, si te roban las naranjas del naranjo del naranjal. En esos días anaranjados la ves estancada y te vienen ganas del trabuco naranjero contra la cloaca que manda. Toman grapa con cáscara (de naranja) los dueños de los geriátricos y atan a las cunas a los bebés de los parvularios. Se escuchan olores nefastos. Se pudren las naranjas de la paciencia. Se huele mal (mal se huele).

Coro
Naranja del naranjo del naranjal
Ja Ja Ja
Naranjín naranjilla naranjiral
La La La
Meto cuchillo en la cáscara
y la arranco en espiral.
Meto navaja en el gajo
y desgajo un naranjal.

Materia gris
(Milonga)

La materia gris, mi amigo, no es gris perla, es gris ardilla (mordisqueando ideas), es el Greise Anciano, que no es la Greis de Mónaco, ni la Gra del sur (llámese Borges).

Es un pelotón de viejitos grises de plomo gris de tarde gris, ¡qué ganas de llorar correteando en la memoria gris del pelo grisáceo en la sopa!.

La materia gris acentuada es la Matería Gris, lugar recontragris donde venden mates, donde te hacen el mate, donde te dan el jaque mate gris final, y a otra cosa (mariposa).

Amarguillo
(Blues)

Amarillez bílica bíblica, tristeza de mala muerte (si es que alguna muerte es buena).

Amarguillez de por abajo por no poner lo que se debe donde se debe cuando se debe. Periodistas amarillos, malditos amarillos de las películas (fiebre amarilla).

Cuando los gusanos se amodorran, reculan, echan para atrás, les agarra el amarillo, rompen huelgas y amargan amarguitos como ríos tibetanos, como canarios enjaulados como coreanos en Jerusalem.

Amargan de peste amarilla sin sol ni vino tinto con amarillo corazón llenos de pus.

El que quiere celeste
(Cielito)

¡Cielo alcahuete! ¡Celestina! ¡Celedonio! Deliciosa encandilado-
ra célica, célebre celo celeste.
Coro
Cielo cielo que sí
cielo cielo que no
cielito de la almorrana
que te rompen el pasado
para robarte el mañana.

¿Ojitos de cielo?
Qué querés que te diga, me quedo con los otros que no trai-
cionan con lagañas.
¡Que se acueste! el que quiera celeste.
No hay imposibles en la vida que sean posibles.

Coro
Cielo cielo que sí
cielo cielo que no
cielito de la encarnada
que las uñas nos apuran
y confunden la brotada.

Si te portás bien tocás el cielo con los pieses, hacés la vertical
y le pasás la uñita encarnada brotada del meñique derecho al
cielito que te vuelve las patas celestes y los tobillos se ríen de la
vida y las cosas renacen como llovidas del cielo y revolvés cielo
y tierra y no sabés de dónde sacar la muerte que te falta.

Coro
Cielo cielo que sí
cielo cielo que no
cielito de la traición
cielo azul de la estacada
cielo raso y lagrimón.

Al rojo
(Soul)

Rojo bermejo.
Rojez de sangre.
Vino rojo sanguinolento.
Sangrecita colorada: ¡Calada la sangrecita! para espiar al olvido.
Ni angina roja ni bicho colorado. Ni labio exagerado. Ni nalga castigada. Sello al rojo en el lomo que te marca: "Maldito Rojo", y a la bolsa por decir palabras claras que los daltónicos de verde solo ven de color rojo porque tienen la sangre en el ojo.

La violetera
(Chotis)

Violenta violetera del bajo.
Violoncelo violado por violín.
Violetas humildosas más pedantes que presidente (que esposa legítima de presidente).
Golpes violetas que te dejan violáceo el ojo. Goma violeta en los rincones húmedos de las capuchas. Puntos eléctricos, parrillas que nos achuran, dibujitos violetas pirograbados por picanas para cantar ("La violetera"). Que te dejan si te dejan violín violado violento violador violeta.

Verdugo
(Marcha)

Digo verdes esperanzas (coleccionar papeles verdes con la cara de Gardel) verdes como legumbres, como cotorritas que todavía no pueden (están verdes).

Lo que no se soporta es el verdín hijo de la humedad que lo parió (arruina cáscaras y corpiños) y el verdete que le crece a los cobres en el corazón (cardenillo que se viene como cáncer en las cucharas).

Pero lo más aterrador es la verdasca (varita fresca que te azota con cara de cepo o de picana) verdasca-verdasquita de los verduguillos hermosos con capuchas multicolores o a cara descubierta.

Verdugos que en el mundo trabajan a destajo para que no recuperemos el verdor, la verdura, el vigor verdecito. Verdugos ajusticiadores del follaje, de la ternura, de todo lo precoz.

Parderío
(Merengue)

Pardo el gato, me refiero al gato pardo encerrado porque nos quieren dar gato pardo por liebre y no es lo mismo un gato pardo montés.

Es difícil empardar siendo pardo mulato zambo cabecita, es difícil para las señoritas pardas que higienizan las plumas de las señoronas enmantecadas, es difícil para los hijitos pardos abandonados en los incineradores o para los pardos viejos dormidos en los hospitales, duro el camino del parderío si no se las rebusca con la pelota o pone la sangre para que se la llenen de trompadas en el circo.

Marrano

(Salsa)

Coro
Marrón marrano
con ojos de carnero degollado
con ojos de buey
con ¡ojo que se viene!
con ojales

Son los árboles silencios (marrones) clavados en el centro de la foto (sepia) formas secantes de la memoria del dolor.

Coro
Marrón marrano
con ojos de carnero degollado
¡degollado marrón!
¡degollado marrón!

Como en las películas del Oeste ocre, tenemos la soga al cuello sobre un caballo marrón que obedece.
Nuestra suerte tiene el tiempo de su resignación.
Pendularemos sepia cuando huya.

Azul quedó
(Tango)

¿Por qué la tinta? ¿por qué la sangre azul de los príncipes? sangrecita que a nosotros solo se nos ve con el dolor. Moretones, coágulos, pus azul.
– ¡Azul quedó!
Decía Pinocho.
¡Azules como llamarada de cocina!
...como N. N. al borde del camino.
Azules como príncipes.
Añiles años que tiñen. Anilinas que destiñen de tumba. Caños cañitas ñandúes ñapos ñoclos ñipas ñoquis ñuflas ñatas ¡y sin embargo ñurga! ¡toneladas de ñurga!.
Hedor en el soñador y el holocausto. Albañil porque en las madrugadas el sol es el color necesario. El alba que despunta es el alba añil y no el albañil que despunta bolsito en mano, fratacho en bolsito, montado en los trenes trágicos azules, enfundado en las camisas azules de los días azules, y añil se le revuelve el mundo, se le vuelve la vida añil (azul) se le amontona cemento (azul) en la solapa (azul) que no tiene, y un ahogo azul (añil) traba los latidos de su corazón final: añil-azul toc toc azul-añil toc toc azul azul añil añil toc toc toc toc toc azul.

Había una vez
(Habanera)

Había una vez
que era el mundo en blanco y negro
¿vio?
todo lleno de formas redonditas brillantes
todo en grises rabiosos
con sol plateado metiendo luz en los aceros
ojos grisáceos
dientes blancos de sonrisas blancas
todo en blanco y negro.
Chaplin y Valentino.
Hugo del Carril y el informativo.
Y el mundo
todo plateado destellante curvaloso
¿vio?
todo que daba gusto.
Hasta que un día
un tipo se pinchó un dedo
y apareció la sangre
y nacieron los colores.

Pero qué cosa con los colores
(Polka terminal)

Pero qué cosa, la cara blanca
que se te pone de miedo lácteo.
La mala leche del pánico pálido.
(El que se quema con leche)

Pero qué cosa, los dedos negros
que se te ponen del diario fresco.
Tinta entregada en la primera caricia.
(La carne es débil)

Pero qué cosa, los labios grises
que se te ponen de frío seco.
Palabras enjutas que nunca serán hombres.
(Mejor que decir es hacer)

Pero qué cosa, los pies azules
que se te ponen de andar volando.
Alas como ruleros en buitre gordo.
(Más vale pájaro en mano)

Pero qué cosa, la tos celeste
que se te pone de tanta estrella.
Luces que te dilatan la ceguera.
(Ojos que no ven)

Pero qué cosa, la piel violeta
que se te pone de tanto golpe.
Moretones en el corazón.
(El que pega primero)

Pero qué cosa, los ojos rojos
que se te ponen de tanto sueño.
Sangrecita tibia en la mirada.
(La sangre tira)

Pero qué cosa, la mancha rosa

que se te pone de la vergüenza.
Mejilla sonrojada por silencio filoso.
(El que calla otorga)

Pero qué cosa, con las naranjas
que se te ponen fosforescentes.
La podredumbre tiene luces propias.
(Pobre pero honrado)

Pero qué cosa, con los marrones
que se te ponen entre los dedos.
Funerales que te arruinan la esperanza.
(De esta agua no he de beber)

Pero qué cosa, tan amarillos
que se te ponen esos nudillos.
Nicotina que muerde el minucioso musgo del labio.
(Fumando espero)

Pero qué cosa, la boca verde
que se te pone de tanto mate.
Yerba en la desembocadura del alma.
(El pez por la boca muere)

Coro
*Pero qué cosa
con los colores
que se te ponen.*

*Pero qué cosa
con los amores.
¡Pero qué cosa!*

Los cinco sentidos

Comedias súbitas para dos personajes

El ojo del amo

– Los videntes, es evidente, que nada ven, predicen futuros ridículos, hecatombes, bienaventuranzas imposibles de ver.

– Hay que ver la impertinencia del veedor.

– Hay que verlo viendo, ventilando, vigilando la actuación de Dios y sus cómplices.

– Hay que ver la visión del creador.

– ¡Oh...el creador de criaturitas ricas como nosotros!. Monstruitos. Diositos como nosotros.

– ¡Oh...los ojos del creador inventando hombrecitos que mastican hombrecitos!

– Ojos almendrados que retuercen lágrimas llenas de pañuelos.

– Anteojitos inservibles.

– Lentes de contacto.

– ¡Impertinentes!.

– ¡Monóculos!.

– Culos de monos que espían la verdad del mundo.

– ¡Hay que ver para creer!.

– Pero no tanto. Porque si demasiado se ve nada se entiende y menos se va.

– ¡Tierra! ¡Tierra!.

– Tierra... ha visto la tierra. Muy bien, ¿y ahora qué?, mi amigo, ha visto, ha descubierto... ¿Y qué creía usted que iba a ver al ver?.

– ¡Ya van a ver! ¡Ya van a ver! Las cosas que los indios nos harán ver.

– Espejitos de colores, Taiwan puro.

– ¿Qué ves cuando me ves?

– Ojo, ojito, ojazo, ojete, ¡el ojo de Magritte me mira!.

– El ojito de buey nos mira.

– El ojazo de una mujer me mira el hueso del corazón.

– El ojete del espejo nos mira el dorso del destino.

A dos voces – Multitudes de ojitos que ven, apoyados en ojeras violetas, abrigados por párpados amarillos, humedecidos por lagrimales que trifurcan.

– Ojo de agua: Lugar por donde llora la vida.

– Ojal de saco: Lugar donde florecen los claveles.

– ¿Y quién habrá ojeado al mundo? ¿Quién lo habrá perforado con la mirada para incrustarle semejante mal de ojo? Qué Dios en contra habrá mirado con envidia a la médula buenita del mundo para dejarlo relleno de guerras intestinas, gases insoportables, misiles que en cualquier momento hacen estallar a los pibes, a los caballos y a los sueños.

– Échele una ojeadita al mundo. Échele una miradita a la sabiduría humana. De reojo, de ojito, por arriba del hombro, como leyendo el diario ajeno. Échele una ojeada y verá que estúpida vida que inventamos, qué ciencia de parlanchín trasnochado, general retirado, bailarina decadente, que vendemos en el mostrador de los vencidos.

– ¡Piquete de ojo! de los tres chiflados en el país de los ciegos, donde el tuerto es un tipo sin un ojo pero nunca el rey.

– Porque es preferible andar en sombras que rengo de un ojo.

– Tuertos que ven la mitad del universo.

– La mitad del verso.

– Tipos que ven lo que quieren ver, pero nunca lo que pueden.

– Pobres individuos atacados por los piqueteadores del Norte: los Moe, los Larry, los Curly. Que te tapan el lugar por donde querés ver la vida.

– No me mire con malos ojos. Deshoje margaritas y tírelas a los chanchos que se las merecen.

– ¡Abran los ojos!. Ante sus ojos está lo que nunca supieron ver: el ojo del hombre dibujado en el espejo del hombre.

– ¡Oculares amigos del ojo!.

– … del culo!.

– ¡Oculistas!.

– ¡Hojalateros!.

– ¡Ojalá que sea la hoja!.

– Ojalá que vean.

– ... que me vean.

– Ojitos alegres.

– Ajíes – ojialegres – ojitristres.

– Vean...

– ¡Hay que ver! ¡Hay que ver! Y ver. Y ver...

– Hay que inocular, injertar, engarzar.

– Hay que ser ojo, porque ¡ojo! que se viene la hojarasca y la escoba final del otoño te arrastra hacia el agujero de la parca.

– ¡Cíclopes del mundo uníos!.

– No confundir un Buen Cíclope con un Venado Tuerto.

– No es lo mismo tener un sólo ojo que espiar por el ojo de la cerradura.

– Colores y formas que dicen las mentiras del ojo, nieblas mágicas y cataratas piadosas para ver lo que se pueda.

– Para ver y ver y ver.

– A dos voces – ¡Y ya lo ve! ¡y ya lo ve! ¡ya van a ver! ¡ya van a ver! ¡hay que ver! ¡hay que ver!.

– El ojo del amo engorda al ganado.

– Y te miran mientras acomodás tus días con la prolijidad de los condenados a muerte.

– Ojos que no ven...

– Y uno se hace el que no ve para defender el corazoncito zoncito que lleva, el único que sobrevive, chupando la dignidad mínima necesaria a ojo de buen cubero.

– Y a uno le cuesta un ojo de la cara...

– Y se le cierran los ojos de sueños pesados, pesadillas incontables, vigilia, insomnio.

– ¡Dichosos los ojos!.

– Me la como con los ojos...

Oíd mortales

– ¡Eh... mortales, abrid, oíd! Que los santos vienen marchando.

A dos voces – Un . Dos. Un. Dos. Tressss...

– Los que marchan no tocan de oído. Nos tocan el tímpano.

A dos voces – ¡A parar las orejitas, amigos del ruido!.

– Hay que tener buen oído y no confundir palabra con gruñido.

– Ni voz con baba.

¡Que nadie nos moje la oreja!.

– En la primera humedad sobre el lóbulo ¡métale cuchillo al mojador!

– ¡Destripe! (después pregunte).

– Las orejas en remojo suelen pudrirse para caer sobre el suelo como pétalos, como delicado cáncer, como rata envenenada.

– Nunca se recuperan los desorejados de tanto llevar la oreja escupida, de tanta humillación, de tantos pabellones podridos, de tanto sonreír y entregar la otra oreja.

– Terminan en el lugar de los alfileres perdidos, en el silencio de los pájaros muertos de orejas paspadas.

– ¿Se acuerda del Petiso Orejudo?.

– ¿Recuerda al Flaco Orejón?.

– De tanta oreja no escucharon a nadie y aniquilaron a los nenes desobedientes. A los abuelitos con audífono, a las muchachas vírgenes de la navaja, a las putas medievales de la peste.

– A veces conviene hacer oídos sordos (que te bauticen gil) y parecer un inútil (como oreja de sordo) que te den la baja (que te bajen del caballo) que te dejen en paz (con la música a otra parte) sin arte (ni parte).

– A veces conviene oír sin ver ni decir (como los monitos asesinos) clausurar el pabellón (arriar las banderas) cambiar de emisora (para que no te cambien los pañales) y andar con la ca-ca encima (y aguantar la vida) porque todo va mejor (y gozar la muerte) para oír (con los ojos del espejo).

Tocata y fuga

— Tocata y fuga del manoseador ferroviario.

— Toco y me voy. Toco y toco. Toquecito corto del buen fútbol.

— Una corta. Otra cortita. Otra más cortita. Y una larga para el gol.

— Toque y toque. Para golear a esa muerte atrincherada que marca a presión en los pulmones y juega de contra ataque.

— ¡Establezcamos contacto, mamita!. (Le sugirió un morocho con baba a una quinceañera suculenta al ritmo tropical del tren con la mano perdida en la rosada humedad virgen y un toque feroz de taco aguja en las canillas secas).

— Pertenezcamos al mundo.

— Toquémonos.

— Toque monos.

— Tóquele las ancas al gorila.

— Toque el bombo. Toque la guitarra. Toque a la puerta: Toc Toc.

— Llame. Llame otra vez. Sólo vendrán los que no llamó y le cerrarán la puerta en la cara, al toque de un solo toque.

— Pobres sueños tocados los del hombre común que sueña con un hombre común que sueña en un sueño común de un hombre tocado.

— Mejor que no toque. ¡Golpee con las patas! ¡voltee sin delicadezas! ¡empuje! ¡destruya! ¡atropelle! A la fuerza serán respetadas sus ilusiones.

— Toque y toque. Toque y toque. Toque y toque. ¡Con los nudillos!. ¡Con las pantorrillas!.

– Toque y toque.Toque y toque. Toque y toque. ¡Con los glúteos!. ¡Con la sangre derramada!.

– Toque y toque. Toque y toque. Toque y toque. ¡Con lo que tenga! ¡Con lo que quede!.

– Destroce a golpe de semen los tocados de las damas finas que no se revuelcan en los catres.

– Arranque a golpe de lengua los encajes orinados de las pulcras señoritas recontraputonas.

– Aplaste a golpe de pezón caliente los aromas artificiales de los deseos reprimidos.

– Celebrarán su digna actitud indomable.

– Toque y toque. Toque y toque.
Toque y toque. Haga que los demás digan : ¡está tocado!.

– Loquito está.

– Y así, tocame un vals, sobrevivirá a las mentiras, a los disfraces, a los toqueteos.

– Siéntese en el tocador. Maquíllese. Póngase una toca. Hágase la loca.

– Toque y toque. Toque y toque.
Toque y toque. Toc Toc.

– ¿Quién es?.

– El cartero del adiós. Hoy te toca.

– Adiós.

Narices

– Tengo un olfato privilegiado, capacitado para descubrir algunos olores. Una nariz que revela el basural entre las rosas, el vómito entre las sábanas, el muerto en el ojo ajeno. Distingo podredumbres recientes, como curiosas honestidades descompuestas, mientras agusanan realidades. Tengo un olfato especialmente entrenado para encontrar porquerías escondidas en falsos corazones, ventrículos rellenos de estiércol, venas como cañerías de letrinas. Esta susceptible papila olfativa amarga los jardines y despelleja la magia en los aromas perfumados de los trágicos aerosoles, que nos mojan los sobacos y las miserias con desodorantes afrodisíacos, que aromatizan las ingles y los glúteos con bellísimas fragancias multinacionales.

– Lo que pasa es que los jugos ya no huelen como antes, y los flujos ya no tientan con su hediondez. Le digo más, los hijos andan sin olor a hijo. Tienen olor a plástico en la carne, a jean en los muslos, a rock en la lengua, a universidad en la razón, a diván en el alma. Son olores que hacen de pantalla, que provocan confusión para sobrevivir.

A dos voces – ¡Ohhh... dioses del Olimpo! ¿Dónde está el olor de los hijos que seremos?
¿Quién se llevó el olor de las mujeres que somos?. ¿Por qué desodorizan la vida que era?. ¡No nos arranquen el olor!. ¡Dejen oler!.

– Algo huele mal en el espejo.

– Pero del estiércol nacen las rosas.

– ...y de las rosas no nace un carajo...

– ...y del carajo vendrá el hombre del futuro, con la nariz más increíble, con las narizotas infladas, rojas por vinos, con tabiques como gelatinas por maravillas en polvo, y nadie podrá llevar al destino de las narices, ni estrellarán puertas en semejante trompa, ni golpearán la dignidad nasal del hombre y serán invencibles los hocicos en los espejos.

– ¡No sea olfa! ¡No sea obsecuente! ¡No sea perrito faldero oledor de mierda ajena!.

– Olé. Olé. Olé. Meta capa y espada. A la fosa con el torito de la traición.

– Olé. Olé. Olé. Pida el rabo. Pida el corazón del toro muerto.

– Olé. Olé. Olé. Pida los recuerdos. Pida el reloj del mamífero.

– Olé. Olé. Olé. Pida sus pezuñas y sus cuernos. Pida las narices del toro.

A dos voces – La vida es un olor que viene de cerca, olor a comida recién hecha, café caliente y cigarro. La vida es el olor del dios volando entre las piernas de una mujer.

– ¡Olfato de gol!. ¡Olfato de inmortalidad!.

– ¡Narigones del mundo uníos!.

– Huelan y huelan sin cesar. ¡Narizudos del universo!.

– Huelan y huelan con bronca.

– Llévense todo lo inmundo del mundo.

– Déjennos jazmines en el pelo y rosas en la cara.

Sobre gustos

— Que se dé el gusto, que fusile, que toque tetas, que abrace, que hunda, que se dé el gustazo, que no se prive del apetecible sabor de la patada al caído, que no renuncie al sabor a nada, que le tome el gusto a la vida, que sea hijo de, que un tropezón cualquiera da, que no vale la pena quedarse con las ganas.

— ¡Sea inmoral a gusto!. Vale todo. Mucho gusto sentirá al conocer al gnomo pestilente que flota en su riñón derecho: al enano fachista. Estreche el muñón del pequeño monstruo que le crece a usted en su propia orina y no permita que se mezcle con la sangre propia de usted.

— Conozca al asesino que lleva encima, conózcase, aniquílese, asúmase, siéntase travesti en el espejo, acuéstese con sus hijos a la hora de la siesta, haga lo que el enanito le dicta, hágase el Papa en la misa de gallo, hágase el gallito, el poderoso y destruya.

— Engañe a sus futuras mujeres, suicide pueblos, hambree obreros, ¡dese el gustito! amargo pero ajeno, desde la dulzura con edulcorantes multinacionales (para no engordar de la madrugada) agrio de vinagre propio con insipidez de cadáver.

— Pero no se asuste que todo gusto no es disgusto porque hay panes de verdad y caramelos de azúcar quemada y verduras frescas, porque hay carnes jugosas y mujeres amadas, y hombres abandonados por mujeres.

— Porque hay hijos que vienen desde abuelos enterrados y tangos de melancolía agridulce y amargura amarguita pero no amarga.

— Hay gustos que valen la pena, grandiosos como atardeceres, como gente que labura la tierra de la gente, como poemas, como encames en tardes de lluvia y estufa.

— ¡Qué gustazo la vida!. Despacharse a gusto con los malvones del patio, con la cocina tibia en un Domingo cursi.

– Ando por la vida y no le doy el gusto a los indignos que viven en mí de mí.

– Que asesinan esperanzados la esperanza.

– Saboreo mates, besos, paz en las siestas, pero si las porquerías no me caen bien, si me empacho de basura disfrazada, entonces meto dedos en la garganta y vomito alma como condenado.

Índice